HANS G. FRANCISKOWSKY

Wendy

Pferdediebstahl auf der Weide

SCHNEIDER BUCH

Die Deutsche Bibliothek – CIP-Einheitsaufnahme

Franciskowsky, Hans G.:
Wendy / Hans G. Franciskowsky. – München : F. Schneider

6. Pferdediebstahl auf der Weide. – 1992
ISBN 3-505-04720-1

Dieses Buch wurde auf ein chlorfreies,
umweltfreundlich hergestelltes
Papier gedruckt.

erschienen im Franz Schneider Verlag GmbH
Frankfurter Ring 150 · 8000 München 40

Titelfoto: Ehapa Verlag
Umschlaggestaltung: Claudia Böhmer
Herstellung: Manfred Prochnow
Satz: FIBO Lichtsatz GmbH, München, 11˙ Garamond
Druck: Presse-Druck, Augsburg
ISBN: 3-505-04720-1

93 94 95 / 12 11 10 9 8 7 6 5 4 3 2

Inhalt

Caracho

Vanessa lachte. Wendy Thorsteegs Cousine stand am Brunnen im Innenhof des Reiterhofs Lindenhöhe. In der rechten Hand hielt sie die Zügel ihrer Holsteinerstute Asta, die sie von der Weide geholt hatte. Vanessa sah zu, wie Asta aus dem Brunnen trank. Dann hob sie den Kopf und blickte auf das riesige Friesenpferd, das ein unscheinbares schlankes Mädchen aus dem Stall geführt hatte und nun aufsatteln wollte. Der Rappe schien nicht damit einverstanden zu sein, daß sie ihm den Sattel auflegen wollte, denn er schnappte nach der Satteldecke und zog sie sich schnell vom Rücken. Darüber mußte Vanessa wieder lachen. Sie liebte solche Streiche bei Pferden.

Das Mädchen zog mit einem Ruck ihre Reiterkappe in die Stirn. Eine Fülle roter, krauser Haare quoll hervor und ließ sich kaum bändigen. Sie hob die Decke auf, die auf den Boden gefallen war, und warf sie sich gleichmütig über die Schulter. Sie umarmte den Rappen und tätschelte ihm den Hals.

„Sei ganz brav, Caracho“, bat sie. „Wir werden ausreiten, auch wenn du keine Lust dazu hast. Aber du brauchst Bewegung, und wir müssen deine neue Umgebung kennenlernen. Mama und Papa haben gesagt, daß es hier auf Lindenhöhe besonders schön ist. Ab und zu trifft man mal jemanden, der die Nase ein bißchen hoch trägt, aber so etwas hat uns ja noch nie gestört. Alles klar?"

Sie ließ den Kopf des Pferdes los und legte die Satteldecke erneut auf, und dieses Mal stand der Friese still und duldete die Unterlage auf seinem Rücken. Er bewegte sich auch nicht, als das Mädchen ihm den Sattel auflegte.

„Caracho heißt das Pferd?" platzte Vanessa heraus. „Das paßt irgendwie zu ihm. Er ist ganz schön groß!"

Über die Bemerkung, hochnäsig zu sein, ging sie hinweg, als habe sie sie nicht gehört. Auf solche Anspielungen hatte sie noch nie reagiert. Ebensowenig wäre ihr in den Sinn gekommen, daß sie berechtigt sein könnten. Vanessa war der festen Überzeugung, daß sie alles andere als hochmütig war. Sie glaubte vielmehr, daß es anderen an der nötigen Einsicht und der Einstellung zu ihr fehlte. Daß sie manches auch falsch sah, mochte sie nur in den seltensten Fällen zugeben. Während das rothaarige Mädchen in aller Ruhe fortfuhr, den Rappen für den Ausritt vorzubereiten, kam Vanessa näher, um ihn aus der Nähe zu betrachten. Sie fand, daß der schwarze Wallach nicht so recht nach Lindenhöhe paßte. Er hatte seine besten Tage hinter sich, er war alt. An mehreren Stellen wies sein Fell kahle Stellen auf, darunter war die blanke Haut zu sehen. Die bei Friesen sonst so imponierende Mähne war kurz und sah recht dünn aus. An den Lippen hatte der Wallach mehrere Narben, die auf schwere Mißhandlungen hinwiesen, die das Pferd irgendwann einmal erlitten hatte. Auch der für Friesen typische Fesselbehang war nicht mehr so dicht, wie er sein sollte, und an der linken Vorderhand fehlte er ganz. Sein Blick jedoch war klar und lebhaft.

„Ist schon gut", sagte Vanessa, nachdem sie sich einigermaßen beruhigt hatte. Der Wallach tat ihr leid, er schien eine böse Vergangenheit zu haben. Vanessa war zwar oft arrogant und spöttisch, und sie konnte sehr spitz zu anderen sein – aber bei elenden und heruntergekommenen Pferden hörte der Spaß auf. In diesem Punkt waren sie sich auf Lindenhöhe immer einig, alle. Oder doch fast alle.

„Hat mein Onkel dieses Pferd schon gesehen? Deinem Caracho geht es ja noch schlechter als unserem alten Willem, der bei uns sein Gnadenbrot kriegt!" Sie zeigte zu einer Koppel hinüber, auf der ein altes braunes Pferd graste. „Und er ist schon recht alt und schwach. Was ist mit Caracho geschehen?" fuhr sie fort.

Dem rothaarigen Mädchen war nicht anzumerken, welche Empfindungen diese Worte in ihr auslösten. Sie blieb gleichbleibend freundlich. In ihren hellen Augen blitzte es zwar ein wenig, aber das bemerkte Vanessa nicht. „Wer ist denn dein Onkel? Hat er hier etwas zu sagen?“

„Das will ich meinen“, Vanessa nickte. „Es ist Gunnar Thorsteeg. Ihm gehört Lindenhöhe!“

„Wie schön für dich!“ Das Mädchen schwang sich in den Sattel des Rappen und trieb ihn an. Schon bei den ersten Schritten bemerkte Vanessa, daß mit seiner rechten Vorderhand etwas nicht stimmte.

„Er lahmt ja“, rief sie. „Steig ab!“

Das Mädchen drehte sich im Sattel um und blickte unbewegt zu Vanessa zurück. „Nein, er lahmt nicht. Sein rechtes Bein ist etwas kürzer als das linke. Er hat es sich einmal gebrochen, und es ist nicht so gut wieder zusammengewachsen. Aber das macht nichts, er hat keine Schmerzen. Morgen kommt der Schmied, der gleicht das mit dem Hufeisen aus.“

Caracho verfiel in einen leichten Zockeltrab und entfernte sich nun rasch vom Hof. Vanessa blickte ihnen verdutzt nach, endlich wandte sie sich wieder ihrer Asta zu.

Da kam ihre Cousine Wendy mit dem lustigen Mischlingshund Wuschel aus dem Haupthaus des Reiterhofs. Lindenhöhe hatte ein besonders schönes, großzügiges Herrenhaus. Das blonde Mädchen lief vor dem Hund her, der immer wieder an ihr vorbeistürmte, dann herumfuhr und sich tief auf die Pfoten herabdrückte, um sie auf diese

Weise zum Spiel aufzufordern. Wendy ging darauf ein: sie sprang einmal zur linken, dann wieder zur rechten Seite. Wuschel schnellte an ihr hoch, doch sie wich immer wieder geschickt aus, so daß er sie nicht erreichte. Schließlich aber blieb sie stehen; sie legte die Arme um ihren Hund, um ihn zu streicheln.

„He, Cousinchen!" rief sie. „Du bist ja so ernst! War etwas los?"

„Hier war gerade ein Mädchen mit einem ziemlich elend aussehenden Friesen", erwiderte Vanessa. „Kennst du sie? Und wußtest du, daß wir so einen Methusalem auf Lindenhöhe haben? Ich meine nicht Willem, sondern diesen alten Friesen! Zu allem Überfluß lahmte er auch noch. Aber das Mädchen wollte nicht absitzen. Sie meinte, das Pferd hätte keine Schmerzen!"

Wendy blickte sie erstaunt an. So viel Anteilnahme war sie von Vanessa gar nicht gewöhnt. Sie strich sich mit dem Zeigefinger über die Stupsnase, und ihre Augen verdunkelten sich ein wenig. „Methusalem?" fragte sie verwundert. Dann fuhr sie sich mit beiden Händen durch das widerborstige Haar und brachte damit innerhalb von wenigen Augenblicken wieder durcheinander, was sie vorher in mühsamer Arbeit in Ordnung gebracht hatte. Wendy sah aus, als habe sie vergessen, sich zu kämmen. „Wovon redest du eigentlich?"

„Von dem rothaarigen Mädchen mit dem

Friesen", erwiderte ihre Cousine. „Hast du sie noch nicht gesehen?"

„Du meinst Yvette Vertan", erklärte Wendy. „Sie ist hier Feriengast und wird drei Wochen bei uns bleiben. Sie wohnt mit ihren Eltern in einem der Bungalows. Was hast du gegen den Friesen? Er ist einfach nur alt. Und Yvette kümmert sich sehr um ihn!"

„Ist ja gut und schön, daß sie ihre Ferien bei uns verbringt", bemerkte Vanessa, „aber müssen diese Leute ihre eigenen Pferde mitbringen, vor allem wenn die schon so alt sind? Ich finde, meine Mutter hat ganz recht, wenn sie sich dagegen ausspricht."

Eine Falte erschien auf Wendys Stirn. „Vanessa, deine Mutter kritisiert alles, was mein Vater macht, ganz egal, was es ist. Außerdem hat nur Yvette ihr Pferd mitgebracht. Ihre Eltern mieten unsere Pferde. Und sie zahlen auch! Bitte laß Yvette in Ruhe!"

Wendy betrat den Stall, schon von weitem hörte sie, wie sich Miss Dixie, ihr edles Westernpferd, in der Box bewegte. Die Pintostute hatte Wendys Stimme längst gehört, sie konnte es kaum erwarten, daß sie ins Freie geholt wurde. Als Wendy die Boxtür öffnete, drängte ihr die Stute entgegen, um sie zu begrüßen. Ein großer Kater, der in einer Ecke der Box im Stroh gelegen hatte, fand die Störung ausgesprochen lästig. Er buckelte, gähnte herzhaft – wobei nicht ganz deutlich wurde, ob er müde war oder nur seine Langeweile ausdrücken wollte – und strich dann aus der Box.

„Entschuldige, Heinrich“, Wendy lachte, „aber eigentlich solltest du wissen, daß ich nach der Schule immer zu Miss Dixie komme. Warum suchst du dir nicht mal einen anderen Platz zum Schlafen aus?“

Miss Dixie und Kater Heinrich waren gute Freunde. Der Kater war oft in der Box der Stute, und Miss Dixie duldete manchmal sogar, daß Heinrich auf ihrer Kruppe gemütlich döste.

Als Wendy mit ihrem Pferd den Stall verließ, bemerkte sie ihre Großmutter, die aus dem Haupthaus gekommen war. Herta Thorsteeg gab Vanessa gerade ein kleines Päckchen; als sie Wendy sah, hob die alte Dame ein zweites Päckchen über den Kopf und winkte ihrer Enkelin damit zu.

„Ich habe euch Butterkuchen eingepackt, Kinder“, rief sie. „Nach dem Baden habt ihr sicher Hunger!“

Herta Thorsteeg kümmerte sich nicht nur um das Wohl der Gäste, sondern vor allem auch um das der Kinder von Lindenhöhe, und die schätzten diese Fürsorge außerordentlich – besonders was die köstlichen Kuchen und Pralinen der Großmutter betraf.

„Oma“, stöhnte Wendy jetzt. „Ich habe gerade erst zu Mittag gegessen! Willst du einen dicken

Pummel aus mir machen?“ Wendy wußte nur zu gut, daß sie dem Kuchen nicht widerstehen konnte.

Herta Thorsteeg lachte. „Nun hör dir das an, Vanessa! Wendy ist gertenschlank, sie braucht sich um ihre Figur wirklich keine Sorgen zu machen.“

Wendy wollte darauf eingehen, doch dann bemerkte sie eine Veränderung im Gesicht ihrer Großmutter. Es war seltsam, das herzliche Lächeln verlor sich, und ihre Augen bekamen einen nachdenklichen Ausdruck. Nicht nur die Lachfalten um die Mundwinkel der alten Dame verschwanden, auch die Augen wurden ernst. Herta Thorsteeg sah aus, als habe sie von einem Augenblick zum anderen vergessen, wo sie war; so als sei sie mit ihren Gedanken in eine weit entfernte Zeit gegangen.

Lang ist's her

„Stimmt etwas nicht, Oma?“ fragte Wendy. Besorgt blickte sie die Großmutter an, die ihr gedankenverloren das Päckchen mit dem Butterkuchen reichte und dann schnell davonging. Die alte Dame hatte nicht geantwortet. Sie überquerte den Innenhof und ging am Brunnen vorbei zum „Reiterstübchen“ hinüber. Gewöhnlich blieb sie kurz stehen, wenn sie in die Nähe des prächtigen Pfaus kam, der sich mit besonderer Vorliebe in der Nähe des Brunnens aufhielt. Heute aber schien sie den großen Vogel gar nicht zu sehen.

Vor dem Restaurant stand ein kleiner, drahtig aussehender Mann. Er sah aus, als habe er sich aus einem der Ostseebäder hierher verirrt. Seine Kleidung paßte nicht in die ländliche Umgebung des Reiterhofs. Er trug einen eleganten weißen Anzug, ein schwarzes Hemd und eine weiße Krawatte, dazu kurze Westernstiefel. Das weiße Haar fiel ihm lang und voll bis auf die Schultern, dichte weiße Brauen beschatteten seine Augen. Wendy war sicher, daß er mindestens so alt war wie ihre Großmutter, wenn nicht älter.

Herta Thorsteeg ging zu ihm hin und blieb vor

2 4720-8

ihm stehen. Neugierig spitzten Wendy und Vanessa die Ohren, aber sie konnten nicht verstehen, was die beiden miteinander redeten. Die Mädchen sahen jedoch verblüfft, daß die beiden sich plötzlich umarmten und sich gar nicht mehr loslassen wollten.

„Was will der hier?" fragte Vanessa mit unüberhörbarer Abneigung.

Wendy blickte sie erstaunt an. War ihre Cousine eifersüchtig auf diesen alten Mann, nur weil ihre Großmutter sich über sein Erscheinen so freute? Sie selbst fand an dem Besucher nichts Ungewöhnliches, und sie war neugierig, als die alte Dame nun mit ihm zu ihnen kam. Sie hatte sich bei ihm eingehakt und sah ihn immer wieder liebevoll an. Fast schien es Wendy, als sei die Großmutter plötzlich um Jahre jünger geworden; bewegte sie sich doch so beschwingt und leicht an der Seite des alten Mannes, als ob von ihm eine Kraft ausginge, die ihr alle Beschwerden des Alters nahm.

„Kinder", rief Herta Thorsteeg, „was glaubt ihr, wer das ist?"

„Keine Ahnung", brummte Vanessa. „Ich habe den Herrn noch nie gesehen!"

„Verrate es uns, Oma!" Wendy lachte. „Ein Verehrer von ganz früher?"

„Von ganz früher?" Herta Thorsteeg wechselte einen schnellen Blick mit dem Fremden. „So lange her ist es ja nun auch nicht, daß wir mal jung waren. Ich kenne Egon Trischmann von der Schule her. Stellt euch vor, wir haben zusammen die Schulbank gedrückt. Jahrelang haben wir uns nicht mehr gesehen, und jetzt führt der Zufall meinen lieben Freund hierher zu uns nach Lindenhöhe. Was sagt ihr dazu?"

„Toll", erwiderte Vanessa mürrisch, sie meinte genau das Gegenteil. Sie war nicht bereit, die Zuneigung ihrer Großmutter mit irgend jemandem zu teilen, und sei es auch nur mit einem Besucher, der nur für wenige Stunden blieb.

„Sind Sie ganz zufällig hier?" fragte Wendy und reichte dem Besucher die Hand.

„Trischmann", stellte er sich vor, obwohl Herta Thorsteeg seinen Namen schon genannt hatte. „Egon Trischmann."

Während die alte Dame es übernahm, die beiden Mädchen vorzustellen, griff Egon Trischmann in die Tasche und holte ein paar Stücke Zukker hervor. Er hielt Asta die Hand hin, und die Holsteinerstute nahm den Leckerbissen sofort auf. Als er sich jedoch Miss Dixie zuwandte, legte das Westernpferd die Ohren flach nach hinten und zog die Nüstern schmal nach oben. Sie zeigte ein eindeutiges Drohgesicht, und Trischmann respektierte das augenblicklich. Er zog die Hand zurück. „Nanu?" rief er belustigt. „Was ist denn los mit dir? Magst du keinen Zucker?" Er versuchte erneut, sich dem Pferd zu nähern, aber die Pintostute reagierte unverändert.

„Nimm es nicht so ernst", bat Herta Thorsteeg lächelnd. Sie hakte sich wieder bei dem Besucher ein. „Miss Dixie hat manchmal ihre Launen!"

Stimmt ja gar nicht! wollte Wendy protestieren, doch die alte Dame und ihr ehemaliger Schulfreund wandten sich schon ab und gingen fröhlich plaudernd zum Reiterstübchen hinüber.

„Seit wann ist Miss Dixie denn verhaltensgestört?" fragte Vanessa. Sie ging an Wendy vorbei in den Stall, um ihren Sattel zu holen. „So etwas hat sie doch früher nicht gemacht."

Wendy verschlug es die Sprache. Empört blickte sie ihrer Cousine nach, die sich sichtlich über den gelungenen Seitenhieb freute. Die Westernstute war temperamentvoll und hatte durchaus ihren eigenen Willen, aber sie hatte keine Launen, und sie war auf keinen Fall gestört. Wendy hatte noch nie erlebt, daß die Stute einem Besucher mit einer derartigen Abneigung begegnet war, und irgendwie wunderte sie sich darüber, empfand sie doch den ehemaligen Schulfreund ihrer Großmutter als einen ganz angenehmen Menschen. Sie verstand nicht, daß die Stute sich so verhalten hatte, und sie suchte nach Gründen dafür. Die aber konnten auf gar keinen Fall darin liegen, daß Miss Dixie „Launen" hatte oder daß sie aus dem seelischen Gleichgewicht geraten war. Was war da los?

Wendy legte ihre Arme um den Hals des Pferdes und streichelte seinen Kopf. Sie wußte, wie sensibel und intelligent ihr Pferd war, und für sein Verhalten gab es immer einen Grund.

„Bestimmt hatte es etwas mit dem Zucker zu tun", sagte sie leise. „Oder hat es dich geärgert, daß Asta das erste Stück bekommen hat?"

Sie band die Zügel an einen der Ringe an der Stallwand und wollte Vanessa folgen, um ihren Westernsattel zu holen. Doch da fuhren ihre Freunde Bianca und Oliver mit Fahrrädern auf den Hof, und die Bemerkung ihrer Cousine war vergessen. Bevor Wendy etwas sagen konnte, überfiel Oliver sie mit der Meldung, daß die Wassertemperatur der Ostsee auf zwanzig Grad gestiegen war, und Bianca drängte sie, sofort ihre Badesachen zu holen. Außerdem brachte Bianca eine Nachricht mit, die Wendy wahrhaft bemerkenswert schien.

„Spinne ist krank", rief das blonde Mädchen. Sie war vierzehn, ein Jahr jünger als Wendy, und nicht so selbstbewußt wie die Freundin. „Das bedeutet, daß die Klassenarbeit um mindestens eine Woche verschoben wird!"

„Wir haben nur die besten Wünsche für ihn", fügte Oliver augenzwinkernd hinzu, „und hoffen aus vollem Herzen, daß er seine Grippe nicht allzu schnell überwindet!"

Spinne war ihr Klassenlehrer, ein recht unsportlicher und etwas weltfremder Mann, der wenig Verständnis für ihre Pferdeliebe hatte und aus diesem Grund kein besonders hohes Ansehen bei ihnen genoß – auch wenn er sonst ganz in Ordnung war.

„Endlich mal eine gute Nachricht", erklärte Wendy, die der Klassenarbeit mit höchster Sorge entgegengesehen hatte. Sie war denkbar schlecht darauf vorbereitet und sah in dem Aufschub eine kleine Chance für sich, noch etwas zu lernen und vielleicht ein wenig besser abzuschneiden. „Hoffentlich ist es nicht so schlimm mit Spinne!" fügte sie hinzu.

„Ach was!" Oliver winkte ab. Er brachte die Fahrräder in den Schuppen. „Ich habe gehört, daß es ihm eigentlich gar nicht so schlecht geht. Er soll nur nicht in die Schule kommen, damit er uns nicht alle ansteckt!"

Sie alberten und lachten herum, während Bianca und Oliver ihre Pferde Tropic und Navarro aus dem Stall holten und aufsattelten. Die drei bezogen Vanessa ganz selbstverständlich mit in ihre Gespräche ein. Mit Vanessa gab es immer wieder einmal kleine Reibereien, im Grunde genommen verstanden sie sich aber alle gut miteinander. Gemeinsam ritten sie am Teich vorbei, begleitet von Wuschel, und lenkten ihre Pferde dann in die Feldmark hinaus, am Waldrand entlang und über von Knicks begrenzten Feldwegen zur Ostsee hin.

Als sie nach einiger Zeit eine Weggabelung erreichten, bemerkten sie einen etwa zehnjährigen Jungen, der mit verweintem Gesicht am Wegrand hockte. Niedergeschlagen blickte er zu einem Feldweg hinüber, auf dem ein Mädchen auf einem Rappen versuchte, ein ungesatteltes Pferd einzufangen. Das Mädchen stellte sich nicht ungeschickt an, hatte jedoch keinen Erfolg. Das entwichene Pferd, ein gut gebauter, aber nicht mehr ganz junger Brauner mit markanten Kopflinien, ließ es nicht zu. Er lief weg und blieb wieder ruhig stehen, bis sie auf etwa zwei Meter heran war, dann brach er aus und rannte davon, bevor sie ihn am Halfter packen konnte. Doch sie ließ sich nicht entmutigen, und plötzlich schien es, als könne sie es schaffen. Doch der Braune wich wiederum im letzten Moment aus und floh durch ein offenes Gatter auf eine Koppel.

„Sie schafft es nicht", flüsterte der Junge. „Sammy ist viel zu schlau für sie!"

„Was ist los?" fragte Wendy ihn. „Ist dein Pferd ausgerissen?"

„Das siehst du doch", antwortete er, und nun flossen ihm die Tränen über die Wangen. „Ich wollte ihn auf eine andere Koppel bringen, wo es gute Kräuter gibt, aber er hat sich losgerissen und ist weggelaufen. Schon heute morgen."

„Heute morgen?" Vanessa staunte. „Dann seid ihr ja schon seit Stunden hinter ihm her!"

Der Junge trug ein buntes Baumwollhemd mit kurzen Ärmeln. Wendy fiel auf, daß er blutige Schrammen auf den Armen hatte, und sie erriet, was geschehen war. Er hatte das Pferd an einer langen Leine geführt, und als es ihm weggelaufen war, hatte er die Leine festgehalten. Das Pferd hatte ihn über den Boden und durch die Knicks mitgezogen, und das war nicht ohne Verletzungen abgegangen.

Vanessa schien den Kummer des Jungen nicht verstehen zu können. Sie lachte plötzlich. „Das hätte ich dir gleich sagen können", rief sie. „Du glaubst doch nicht, daß das Mädchen auf ihrem alten Pferd es fertigbringt, dein Pferd einzufangen?"

„Ich bin froh, daß sie mir hilft", gab er zurück. „Hier sind viele vorbeigekommen, und alle haben blöde Witze gemacht. Nur sie nicht. Sie ist die einzige, die etwas tut."

Seine Antwort machte Vanessa ein wenig verlegen, und sie versprach zu helfen, das Pferd einzufangen. „Das kann doch wirklich nicht so schwer sein", fügte sie hinzu. Dann machte sie sich mit Oliver und Bianca auf den Weg.

Wendy hielt es nicht für nötig, sich ihnen auch noch anzuschließen. Sie war davon überzeugt, daß sie sehr bald mit dem eingefangenen Braunen zu ihnen zurückkehren würden. Sie stieg ab und ging zu dem Jungen, um sich seine Schrammen anzusehen. Zum Glück waren sie nicht so schlimm, wie sie gefürchtet hatte.

„Beinahe hätte Sammy mich durch den Stacheldraht gezogen“, berichtete er, „aber da habe ich losgelassen!“

„Das war gut so“, lobte Wendy ihn.

Er stand auf und drückte verzweifelt die Hände an den Kopf. „Sieh dir das an! Sammy läßt sich einfach nicht einfangen!“

Tatsächlich gelang es auch mit vereinten Kräften nicht, das Pferd einzufangen. Sammy war zu klug und trotz seines hohen Alters noch zu schnell, um sich in die Enge treiben zu lassen. Und sah es doch einmal so aus, als ob er nicht mehr entkommen könnte, brach er wieder aus, jagte in vollem Galopp an Vanessa, Oliver, Bianca und dem rothaarigen Mädchen auf dem Rappen vorbei, stoppte überraschend, drehte auf der Stelle und trabte munter davon, während seine Verfolger ins Leere liefen.

Wenn er wieherte, hörte es sich so an, als ob er sie auslachte.

Sammy

„Jetzt versuche ich es“, beschloß Wendy. Erstaunt hatte sie die Manöver des Braunen verfolgt. Ein solches Verhalten hatte sie bei einem Pferd noch nie beobachtet. Fast schien es, als könne der Wallach jede Maßnahme seiner Verfolger vorhersehen und dadurch so rechtzeitig darauf reagieren, daß sie ihm gar nicht erst gefährlich werden konnte. Und als es gar keinen Ausweg mehr zu geben schien, setzte er mit einem erstaunlichen Sprung über den Zaun hinweg auf die benachbarte Koppel hinüber, warf wiehernd den Kopf auf und stob davon.

Wendy schwang sich in den Sattel und trieb ihre Pintostute an. Sie stürmte auf die Koppel, und als Sammy wieder einmal auswich, jagte sie hinter ihm her und holte ihn ein. Der Braune wich zur Seite aus und wäre Wendy mit dem gleichen Manöver entkommen wie zuvor den anderen. Doch Miss Dixie war ein geschultes Westernpferd. Sie konnte schneller auf der Stelle wenden, und sie beherrschte den spektakulären Sliding-Stop, bei dem das Pferd aus dem gestreckten Galopp heraus mit der Hinterhand bremst, wobei es so tief heruntergeht, daß es mit dem Bauch beinahe den Boden berührt. Wendy machte diese Übung allerdings nie mit ihrem Pferd. Sie wußte, daß es eigentlich eine sinnlose Belastung der Pferdebeine war. Zügig ritt sie jetzt auf den Braunen zu, und bevor er begriff, wie ihm geschah, hatte Wendy ihn bereits am Halfter gepackt.

„Tut mir leid, Sammy", lachte sie. „Du hast ganz schön was drauf, aber nicht genug für uns! Jetzt geht es zurück zu dem Jungen dort! Komm nur! Komm!"

Yvette schloß sich Oliver und Bianca an. Zusammen mit ihnen kam sie zu Wendy und dem Jungen.

„Toll", rief sie, wobei sie ihre Reiterkappe abnahm und ihr rotes Haar im Wind wehen ließ. „Das war gekonnt! Ein echter Sliding-Stop! Hoffentlich machst du das nicht zu oft!"

Sie sprach den Begriff nicht, wie es korrekt gewesen wäre, englisch aus, sondern deutsch.

Vanessa hörte es und prustete los. „Du meine Güte", rief sie. „Wo kommst du denn her? Du hast ja nicht die Spur einer Ahnung. Weißt du nicht, wie man dieses Wort ausspricht?"

„Ist denn das so wichtig?" fragte Yvette.

„Nein", rief Oliver. „Mein Vater nimmt so was auch nicht so genau. Wenn er mich mal nicht verstanden hat, dann sollte er mich eigentlich fragen: Bitte, lieber Oliver, könntest du das noch einmal wiederholen? Aber das macht er nicht. Er sagt einfach nur: Hm?“

Das rothaarige Mädchen lachte. Sie blickte Vanessa von der Seite her an, und in ihren Augen blitzte es auf. Wendy begriff, daß sie sich über Vanessa lustig machte. Ganz bewußt hatte sie den Begriff der Western-Disziplin falsch ausgesprochen, und Vanessa war darauf hereingefallen. Und der Rappe des rothaarigen Mädchens war zwar keine Schönheit, aber er war keineswegs so elend, wie Vanessa glaubte. Wendy sah bald, daß er eine Krankheit gehabt hatte, die er aber überwunden hatte. Er besaß den kräftigen Körperbau der Friesen, die breite Brust und die stämmigen Beine dieser Rasse. Seine dünne Mähne und der fehlende Fesselbehang am Vorderbein konnten nicht darüber hinwegtäuschen, daß der Rappe noch ziemlich kräftig war. Er war zwar alt, aber keineswegs krank.

„Danke, daß du Sammy eingefangen hast“, sagte Yvette jetzt und stellte sich Bianca und Oliver vor. „Allein hätte ich es nicht geschafft!“

„Wir hätten ihn bald gehabt, wenn du ihn vorher nicht verrückt gemacht hättest“, behauptete Vanessa. Sie winkte einem dunkelhaarigen Mädchen zu, das auf ihrem zierlichen Pferd an ihnen vorbeiritt. Sie bogen in den Weg zur Ostsee ein.

„Ach, wirklich?“ Yvettes Lächeln ließ keinen Zweifel daran, daß sie ganz anderer Meinung war.

Und dann geschah etwas Verblüffendes. Ohne erkennbare Hilfe veranlaßte sie ihr Pferd, sich zu setzen. Caracho ließ sich auf der Hinterhand nieder und hockte plötzlich wie ein riesiger schwarzer Hund auf dem Feldweg. Das sah so seltsam aus, daß Wendy und ihre Freunde sprachlos waren. So etwas hatten sie noch nie gesehen.

„Du hast ihn überanstrengt!“ Vanessas Lächeln wirkte gequält. Sie blickte zu den fernen Dünen der Ostsee hinüber und dann auf den Rappen, der sich wieder auf alle vier Beine stellte. „Steig lieber ab. Er ist so erschöpft, daß er sich nicht mehr auf den Beinen halten kann!“

„Er ist nicht schwach“, wehrte sich Yvette eifrig. „Er beherrscht diese Übungen, und er zeigt sie gern! Es macht ihm Spaß, glaubt mir! Er ist nämlich ein früheres Zirkuspferd!“

„Na gut“, erwiderte Vanessa. „Wenn er kräftig genug ist, kannst du ja mit uns kommen. Wir wollen zur Ostsee zum Baden, machen aber einen kleinen Umweg durch den Wald, weil es dort ein paar schöne natürliche Hindernisse gibt, die wir überspringen können, ganz kleine. Das macht unheimlichen Spaß!“

„Tut mir leid. Ich springe nicht mit Caracho!“ erklärte Yvette.

„Wenn du das nicht willst, kannst du die Hindernisse ja umreiten. Da sind auch noch ein paar Steigungen und Hänge, die du nehmen kannst. Ist ein

gutes Training fürs Distanzreiten."
„Auch das ist nichts für Caracho. Das lassen wir lieber. Distanzreiten machen wir sowieso nicht mit! Das kann er nicht mehr. Muß ja auch nicht sein!"
Vanessa verdrehte in übertriebener Weise die Augen. Sie fragte: „Sag mal, was kannst du überhaupt mit deinem Caracho anfangen?"
„Reiten", antwortete Yvette schlicht.
Vanessa lächelte herablassend. Sie sagte: „Weißt du, ich an deiner Stelle würde so einem alten Pferd auf einer Weide das Gnadenbrot geben. Wenn du ein anderes Pferd hättest, könntest du bei uns mitmachen. Es gibt genügend Pferde auf Lindenhöhe!"
„Auf der Weide ist er viel", erwiderte Yvette. „Aber nicht, um dort sein Gnadenbrot zu bekommen. Es geht ihm doch gut! Bestimmt!"
Vanessa zuckte die Achseln. „Jedenfalls hätte ich mich von ihm getrennt. Ich mag eben Pferde, die mich fordern!" Sie trieb ihr Pferd an und trabte hinter dem fremden Mädchen auf dem zierlichen Pferd her, das sich bereits ein gutes Stück zur Ostsee hin entfernt hatte. „Hallo, Gertie", rief sie. „Warte auf mich!"
Yvette war blaß geworden. Ganz kurz senkte sie den Kopf und blickte auf ihre Hände hinab. Zornig preßte sie die Lippen zusammen, nahm sich jedoch dann zusammen. Sie hob den Kopf und sah

Vanessa böse nach, zwang sich dann jedoch zu einem Lächeln. Sanft klopfte sie Carachos Hals.

„Wie kann sie so etwas sagen?“ fragte sie und tat dabei, als sei ihr etwas ins Auge geraten. Schnell wischte sie sich eine Träne ab. Vanessas Bemerkung hatte sie tief getroffen. „Ich würde mich nie von Caracho trennen, wenn es nicht sein muß. Was heißt denn überhaupt Gnadenbrot?“

Wendy hatte Mühe, sich nicht anmerken zu lassen, wie erschrocken sie über die herzlose Bemerkung ihrer Cousine war. Sie hatte sich noch nie von einem Pferd trennen müssen, doch allein der Gedanke, Miss Dixie irgendwann einmal nicht mehr haben zu können, machte sie traurig. Wendy war längst klar geworden, daß Yvette ein besonders inniges Verhältnis zu ihrem Pferd hatte, und sie fühlte, daß das Mädchen ähnlich empfand wie sie selbst. Dennoch wollte sie ausgleichen und begütigen. „Du kannst es mir glauben, Yvette, sie hat es nicht so gemeint. Wirklich nicht. Vanessa ist oft furchtbar überheblich, aber im Grunde ist sie in Ordnung!“

Yvette blickte sie zweifelnd an. Sie war ganz anderer Ansicht, sagte jedoch nichts mehr. Sie wandte sich dem Jungen zu, der sich die Leine seines Braunen um das Handgelenk gebunden hatte. „Vielleicht sollten wir dich besser nach Haus bringen! Wo wohnst du denn?“

„Ist es weit?“ fragte Wendy. Sie hatten den Jungen in der Umgebung von Lindenhöhe noch nie gesehen. Sie vermutete, daß er als Feriengast mit seinen Eltern an der Ostsee war und sich das Pferd irgendwo ausgeliehen hatte. Doch sie täuschte sich.

„Meine Eltern haben das Haus von Bauer Hartung gekauft", sagte er. „Wir wohnen jetzt da!"

„Das ist kein großer Umweg für uns. Wir bringen dich hin!" Wendy stieg ab und half dem Jungen auf den Rücken des Braunen, nachdem er ihr versichert hatte, daß er sich oben halten konnte. „Habt ihr keine Koppel, auf der Sammy bleiben kann?"

„Ja, aber nur eine kleine Koppel. Da ist Sammy immer, Tag und Nacht", antwortete der Junge. „Deshalb muß ich ihn ab und zu woanders hinbringen, ihn etwas mehr bewegen!"

Wendy nahm ihm die Leine aus den Händen, um den Braunen führen zu können, und stieg wieder in den Sattel. Ihre Cousine hatte sich mittlerweile weit von ihnen entfernt. Sie redete angeregt mit dem Mädchen auf dem zierlichen Pferd, und sie blickte nicht ein einziges Mal zurück. Sie hatten keine Gelegenheit, Vanessa durch Gesten anzuzeigen, wohin sie reiten wollten.

„Laß sie", sagte Oliver. „Als ich so groß war wie sie, konnte ich auch schon auf mich selber aufpassen."

Die Mädchen lachten. Oliver war ein Jahr jünger als Vanessa, doch manchmal schien es so, als sei er älter und reifer als sie. Oft war er albern, und dann machte er den Eindruck, als ob er nichts ernst nehmen könne, und als habe er nur Unsinn im Kopf. Doch der Eindruck täuschte. Oliver hatte oft genug bewiesen, daß er verantwortungsvoller mit Pferden umging als mancher andere, der über seine Witze die Nase rümpfte. „Wie heißt du?“ fragte er nun.

„Matthias“, antwortete der Junge auf dem Braunen. Nun sahen sie auch, wie erschöpft er war. Die vielen vergeblichen Versuche, Sammy wieder einzufangen, hatten ihn angestrengt. „Matthias von Sund.“

„Hast du das Pferd noch nicht lange?“

Sie ritten am Waldrand entlang. In der Ferne sahen sie den Bauernhof, der von Bäumen umsäumt an einem Teich lag.

„Es gehört eigentlich meinem Vater“, erwiderte Matthias. „Aber ich darf ihn reiten.“

„Es ist ein kluges Pferd“, stellte Bianca fest.

„Sammy war beim Zirkus“, platzte Matthias voller Stolz hinaus. „Da hat er viele Tricks gelernt!“

„Beim Zirkus?“ Oliver staunte. „Wie kommt dein Vater zu einem Zirkuspferd?“

„Wir waren lange beim Zirkus“, antwortete der Junge, „aber meine Eltern mögen nicht mehr herumfahren.“

Er wandte sich ab.

3 4720-8

„Ich wäre gern weiter beim Zirkus geblieben", fügte er leise und mit stockender Stimme hinzu. „Aber meine Eltern nicht!" Er verstummte.

Als sie einen von Knicks begrenzten Weg erreichten, der zu dem einsam gelegenen Bauernhof führte, glitt er vom Rücken des Braunen und streckte stumm die Hand nach der Leine aus. Wendy gab sie ihm. Jetzt konnte Sammy nicht mehr weglaufen, und das erkannte der Braune sehr wohl. Ruhig schritt er neben dem Jungen her zu einer Koppel hinüber, auf der sich ein Unterstand befand.

„Beim Wanderzirkus werden die Tiere oft sehr schlecht behandelt", bemerkte Oliver leise.

Sie folgten Matthias und dem Braunen.

„Das ist nicht nötig", rief der Junge und nahm Sammy noch etwas kürzer an die Leine. „Ich schaffe das schon."

Doch Wendy, Bianca und Oliver blieben bei ihm, bis er ein Gatter öffnete und sein Pferd auf die Weide ließ, nachdem er ihm die Leine abgenommen hatte. Sammy ging gemächlich zu einem Trog, der durch eine Leitung vom Bauernhaus her mit Wasser versorgt wurde. Er trank.

Mit einem Blick erfaßten sie, daß Sammy es hier gut hatte. Der Offenstall war sauber und gepflegt. Das Stroh darin war frisch aufgeschüttet worden, und die Weide bot einen Anblick, wie er kaum besser sein konnte. Die Zaunpfähle rundherum waren erneuert und zusätzlich mit einem schützenden Elektroband versehen worden, das verhinderte, daß Sammy sich auf eigene Faust entfernte.

„Sogar die Pferdeäpfel sind abgesammelt worden“, stellte Oliver fest. Er sprach so leise, daß nur die Mädchen ihn verstehen konnten. „Die Leute scheinen wirklich 'ne Menge übrig zu haben für den alten Sammy.“

„Ich muß ins Haus“, verkündete Matthias, und schon rannte er zu dem Bauernhaus hinüber. Das Haus war alt, aber die neuen Eigentümer hatten offensichtlich einige Reparaturen vorgenommen. „He, Matthias“, rief Oliver ihm nach. „Hast du nicht etwas vergessen?“

Der Junge blieb stehen, drehte sich um und verzog das Gesicht. Er überlegte kurz und brachte dann ein widerwilliges „Danke!“ hervor.

Oliver lachte. „Schon gut, Kleiner. Bestimmt hättest du es auch ohne uns geschafft. Wiedersehen!“

Matthias lief wortlos ins Haus, und die drei von Lindenhöhe machten sich auf den Rückweg. „Warum werden die Tiere beim Wanderzirkus nicht gut behandelt?“ fragte Bianca.

„Das ist nicht bei allen so“, erwiderte Oliver. „Aber bei vielen. Manchem Zirkus fehlt das Geld. Und wo zu wenig Geld da ist, wird als erstes bei den Tieren gespart.“

„Das verstehe ich nicht.“ Bianca schüttelte den Kopf. „Die verdienen doch Geld mit den Tieren. Da müßten sie doch besonders gut mit ihnen umgehen!“

„Eigentlich ja. Aber gerade das tun sie oft nicht. Für manche sind die Tiere nur solange gut, wie sie ihnen nützen, wie sie Geld mit ihnen verdienen können.“ Er wandte sich im Sattel um und blickte zurück. „Jedenfalls gehört der Vater von Matthias nicht zu solchen Zirkusleuten. Sammy hat es gut bei ihm.“

Aber Oma!

Müde und hungrig kehrten Wendy und ihre Freunde von ihrem Ritt nach Lindenhöhe zurück. Am Strand hatten sie Vanessa getroffen und einige Stunden am Meeresufer verbracht. Jetzt, zu Hause, versorgten sie ihre Pferde, und dann verabschiedete sich Yvette.

„Es wird höchste Zeit, daß ich nach Hause komme", sagte sie. „Meine Eltern warten bestimmt schon."

„Ich habe einen Bärenhunger", erklärte Oliver. „Wendy hat selber schuld, daß sie mich zum Essen eingeladen hat. Wenn Oma Herta erst einmal die Pfanne mit den Bratkartoffeln auf den Tisch gestellt hat, dann bleibt für alle anderen nicht viel übrig!"

„Reiß dich zusammen", riet Vanessa ihm und hob die Hand. „Wenn du so verfressen bist wie beim letztenmal, nehmen wir dich nie wieder mit!"

„Keine Angst", meinte er, während sie zum Haupthaus hinübergingen. „Bei den Portionen, die ihr zu euch nehmt, würden selbst die Spatzen verhungern. Also bleibt für euch garantiert genug übrig!"

Vanessa boxte ihn lachend in die Seite. „Du wirst dich noch wundern", sagte sie, und sie sollte recht behalten. Allerdings gab es einen anderen Grund als erwartet, sich zu wundern. Das begriffen sie, als sie in die Küche kamen, in der zu dieser Zeit Wendys Großmutter zu werkeln pflegte. An diesem Tag stieg kein verführerischer Duft aus einer Pfanne voller Bratkartoffeln auf, und auch sonst deutete nichts darauf hin, daß die Küche in den letzten Stunden benutzt worden war. Die Herdplatten waren kalt, kein einziger Teller stand auf dem Tisch. Noch nicht einmal die beiden gewohnten Thermoskannen waren da, von denen die eine mit Kaffee und die andere gewöhnlich mit Tee gefüllt war.

Wuschel, der Mischlingshund, lag unter dem Tisch. Er streckte sich gähnend, als die jungen Leute eintraten, und trottete dann zu Wendy hin, um sich den Kopf streicheln zu lassen. Wuschel war ungewohnt verschlafen.

„Was ist denn hier los?" rief Vanessa aus. „Oma! Oma, wo bist du?"

Als niemand antwortete, ging Wendy zum Kühlschrank und blickte hinein. Sie hoffte, in Scheiben geschnittene Kartoffeln, Speck und Zwiebeln vorzufinden, damit sie sich selber Bratkartoffeln und Spiegeleier machen konnten, doch sie wurde enttäuscht.

„Es sind noch nicht einmal Pellkartoffeln da",

stellte Vanessa entrüstet fest. Sie kontrollierte die Töpfe in den Schränken. „Kann mir mal jemand sagen, was das zu bedeuten hat?"

In diesem Moment wirbelte Herta Thorsteeg mit geradezu jugendlichem Schwung herein. Sie sang ein Liedchen vor sich hin, riß den Kühlschrank auf, nahm den Cremetopf heraus, den sie darin aufbewahrt hatte, und strebte wieder der Tür zu.

„Oma!" rief Wendy, und die alte Dame blieb stehen. Erst jetzt schien sie zu bemerken, daß sie nicht allein in der Küche war. Fragend blickte sie ihre Enkelin an. „Ja, was ist denn, mein Kind?"

„Wir haben überhaupt nichts zu essen", platzte Vanessa empört heraus. „Warum sind die Bratkartoffeln noch nicht fertig? Wir haben furchtbaren Hunger! Ich möchte auch zwei Spiegeleier zu den Kartoffeln haben!"

„So?" Die alte Dame blickte sie belustigt an. Sie krauste die Stirn und tat, als müsse sie über die Frage ihrer Enkelin nachdenken. Die erstaunten Blikke der Kinder schien sie nicht zu bemerken. Sie war immer sehr gepflegt, sah heute aber ausgesprochen elegant aus. Ihr graues Haar war kurz geschnitten, und sie trug ein Tweedkostüm, das sie sonst nur selten anzog. Mit einem leichten Lächeln zeigte sie auf einen der Schränke. „Kartoffeln und Zwiebeln sind in der unteren Schublade. Speck und Eier findest du im Kühlschrank. Und wie ein Elektroherd eingeschaltet wird, das wißt ihr ja!“

Eilig ging sie zur Tür. Über die Schulter rief sie zurück: „Vergiß nicht, Fett in die Pfanne zu tun, sonst brennt alles an.“ Und schon war sie verschwunden. Die Tür glitt leise ins Schloß.

Vanessa ließ sich ächzend auf einen Hocker sinken. „Was ist denn mit Oma los?“ Ratlos sah sie die anderen an.

Wendy ging zum Schrank und öffnete die untere Schublade, in der die Kartoffeln lagen.

„Dann wird es wohl nichts mit dem großen Fressen“, stellte Oliver fest. „Wuschel kann von Glück sagen, daß er seinen Napf schon leergeputzt hat, sonst wäre ich jetzt darüber hergefallen.“

Doch dieses Mal kam sein Spaß nicht an. Vanessa und Bianca waren viel zu enttäuscht darüber, daß es nichts zu essen gab. Sie rangen sich nur ein müdes Lächeln ab.

„Oma hat recht“, sagte Wendy, ebenfalls nur mühsam lächelnd. „Wir können uns die Bratkartoffeln auch selber machen.“

Vanessa stand auf und verließ die Küche. „Meine Mutter hat immer etwas für mich zu essen. So was kommt bei uns nicht vor.“

Nach diesem völlig unangebrachten Seitenhieb auf Oma Herta eilte sie davon. Sie schloß die Tür bei weitem nicht so leise wie die alte Dame, sondern unterstrich schwungvoll, was sie davon hielt,

Lindenhöhe hungrig verlassen zu müssen.

„Den Kommentar sprach Vanessa Thorsteeg-Held“, bemerkte Oliver im Ton eines Rundfunksprechers. „Zum Wetter: Der zweite Frühling ist auf Lindenhöhe eingezogen. Die Küche ist leer, aber Omas Herz schlägt höher. Alte Herzen werden wieder jung, und junge Mägen müssen hungern. Dabei ist der Mai längst vorbei und die Bäume ...“

„Hör auf, Olli“, fuhr Wendy ihn an, und er verstummte verdutzt. Abwehrend hob er die Hände. „Sag uns lieber, was wir jetzt tun sollen!“

„Kein Problem“, erwiderte er und blickte die beiden Mädchen an. „Ihr kommt jetzt euren weiblichen Pflichten nach und übernehmt das Regiment in der Küche. Bis wann sind die Bratkartoffeln fertig? Und die Spiegeleier? Und wo ist die Zeitung, die ich inzwischen lesen kann? Habt ihr eine Pferdezeitschrift?“

Bianca tippte sich an die Schläfe. „Der tickt nicht richtig“, stellte sie fest. Betont ernst blickte sie Wendy an. „Meinst du, daß er einen Sonnenstich hat?“

„Schon möglich“, erwiderte Wendy, „denn sonst hätte er uns vorgeschlagen, zu Frau Schormann zu gehen!“

Das war das Stichwort. Lachend stürmten sie aus dem Haus und zum Reiterstübchen hinüber, das zu dieser Abendstunde bis auf den letzten

Platz besetzt war. An den meisten Tischen saßen die Gäste, die auf dem Reiterhof ihre Ferien verbrachten. Nur ein Tisch war für Wendys Eltern Heike und Gunnar Thorsteeg, den englischen Reitlehrer Mark Benson und den Stallhelfer Flavio Scalini frei geblieben. Vor ihnen stand eine große Schüssel mit dampfender Erbsensuppe.

Gunnar Thorsteeg forderte Wendy und ihre Freunde auf, Stühle zu holen und sich zu ihnen zu setzen.

„Oma hat nichts für uns zu essen", begründete Wendy ihren Besuch in dem kleinen Restaurant. Es war ein wenig eng am Tisch, doch das störte niemanden.

Heike Thorsteeg schüttelte den Kopf, eine Falte zeigte sich um ihren Mundwinkel. „Ich weiß. Sie ist wohl ein wenig durcheinander", versuchte sie das Verhalten ihrer Mutter zu erklären. „Sie ist mit ihrem früheren Schulfreund in die Stadt gefahren, um sich ein bißchen zu amüsieren. Das hat sie jedenfalls gesagt!"

„Finde ich toll, Mami", erklärte Wendy. „Es muß schön sein, wenn man einen Schulfreund nach so langer Zeit wiedersieht. Morgen wird Oma sich sicher wieder um alles kümmern!" Sie blickte die Männer lächelnd an. „Und bestimmt ist dann auch wieder Kuchen da."

„Vermutest du", sagte Vater Thorsteeg. Er war verärgert, weil der Betrieb auf dem Reiterhof gestört war. Bisher hatte er sich nie Gedanken darüber machen müssen, ob im Haus alles richtig lief. Seine Mutter hatte stets dafür gesorgt, daß er mit diesem Problem nichts zu tun hatte.

Heike, seine Frau, war für den wirtschaftlichen Betrieb und für die Verwaltung des Reiterhofs zuständig. Ihr Reich war das Büro, von wo aus sie die nötigen Behördenbelange erledigte, bei Bedarf Handwerker bestellte, Futter, Heu und Stroh für die Pferde einkaufte, Stromrechnungen bezahlte, Gästebuchungen für die Bungalows entgegennahm, das Personal betreute, kleine Reiterfeste für die Gäste organisierte, Meldungen für Turniere vornahm, Kontakte mit dem Hufschmied, dem Tierarzt und dem Reiterverband pflegte und was der Dinge mehr waren. Damit war sie so beschäftigt, daß sie nur selten einmal dazu kam, selbst zu reiten.

Heike Thorsteeg legte ihrem Mann jetzt die Hand auf den Arm, um ihn zu beruhigen. „Ich werde mit Mutter reden", versprach sie. „Morgen geht dann alles wieder seinen gewohnten Gang. Schließlich muß sie ja auch einmal frei haben und machen können, was sie will!"

„Logo", sagte Oliver. „Wo kämen wir denn da hin, wenn auch noch die Omas und Opas in die Disco gehen?"

Am nächsten Morgen war die Sonne gerade erst aufgegangen; grauer Dunst lag noch über den

Wiesen, als Wendy aufstand, die Treppe von ihrem Zimmer zum Erdgeschoß hinuntereilte und in die Küche lief. Dort pflegten ihr Vater, der Pferdewirt Carl Ruthfuss, Stallhelfer Flavio Scalini und der Reitlehrer Mark Benson um diese Zeit zu frühstücken. Doch an diesem Morgen war niemand in der Küche. Alles sah noch so aus wie am vergangenen Abend. Niemand hatte Kaffee aufgesetzt, und nach frischen Brötchen roch es auch nicht.

Die pennen noch alle, vermutete Wendy und stürmte zum Haus hinaus, wo sie bereits von Wuschel erwartet wurde. Nachdem sie ihn ausgiebig begrüßt hatte, tollte er um sie herum und sprang immer wieder an ihr hoch, bis sie die Stallungen erreichten. Als Wendy die Tür öffnete, schob Wuschel sich ungeduldig hindurch und lief vor ihr her zu Miss Dixie. Das schöne Pferd schnaubte vor Freude, als Wendy es aus der Box holte und durch eine der rückwärtigen Türen des großen Stalles auf die Koppel brachte. Zusammen mit Wuschel lief Wendy neben dem Pferd her, stoppte jäh, um dann in eine andere Richtung zu laufen, und Miss Dixie folgte ihr. Übermütig tollte das Mädchen mit ihrem Pferd und dem Hund über die Weide. Beide Tiere gingen auf das Spiel ein. Sie stürmten einmal in diese, dann wieder in jene Richtung, beobachteten sie und spielten mit ihr, bis Wendy sich atemlos ins Gras sinken ließ, das vom Morgentau noch feucht war. Wuschel legte sich neben sie und rollte sich auf den Rücken, damit sie ihm die Brust kraulen konnte, während die Pintostute den Kopf tief senkte und Wendy das weiche Maul sanft gegen die Schulter drückte. „Ich bin vollkommen außer Atem“, erklärte Wendy. „Hoffentlich gibt's jetzt wenigstens ein gutes Frühstück für mich.“

Plötzlich hatte sie das Gefühl, beobachtet zu werden, und sie drehte sich um. Am Zaun sah sie Yvette Vertan stehen. Das rothaarige Mädchen hatte ihren Caracho aus dem Stall geholt; sie hatte ihn jedoch nicht durch eine der rückwärtigen Türen, sondern vorn herausgeführt, und war mit ihm um das Gebäude herumgegangen. Jetzt zögerte sie, ihn auf die Koppel zu lassen.

„Mach ruhig das Gatter auf“, rief Wendy ihr zu, während sie aufstand. „Du störst uns nicht!“ Sie stand auf und klopfte sich den Hosenboden ab. Er war naß geworden. Sie würde andere Jeans anziehen müssen.

„Guten Morgen“, grüßte Yvette, als sie Caracho durch das Gatter hereinführte. „Du bist ja schon so früh auf!“ Sie ließ den Wallach los und klatschte leicht in die Hände. „Willst du nicht auch guten Morgen wünschen, Caracho?“ fragte sie mit dunkler Stimme und besonderer Betonung.

Caracho nickte einige Male mit dem Kopf, dann verbeugte er sich. Er streckte das vordere rechte Bein vor, knickte mit dem linken ein und neigte den Kopf bis fast auf den Boden herab.

„Danke“, lachte Wendy, als er sich wieder aufgerichtet hatte, und dabei klopfte sie ihm lobend gegen den Hals. „Guten Morgen, Caracho!“

Er warf den Kopf leise wiehernd in die Höhe und trabte auf die Weide hinaus.

„Erstaunlich, was du ihm alles beigebracht hast“, sagte das Mädchen von Lindenhöhe. „So was habe ich noch nie gesehen. Obwohl ich diese Kunststücke eigentlich nicht mag. Sie passen nicht zu Pferden, finde ich!“

Yvette blickte Wendy nicht an, sie ließ den Blick nicht von ihrem Pferd. Als sei sie in Sorge, daß ihm etwas geschehen könne, dachte Wendy.

Der Lebensretter

Wendy schloß das Gatter und stellte sich zu Yvette an den Zaun, um den beiden Pferden zuzusehen. Übermütig liefen sie über die Weide, sie sprangen und buckelten vor Begeisterung, sich austoben und frei bewegen zu können. Der hübsche Mischlingshund tollte um Miss Dixie herum, und sie ging auf das Spiel ein und tat, als ob sie sich von ihm mal zur einen, mal zur anderen Seite treiben ließ. Als Wuschel das gleiche Spiel auch mit Caracho versuchte, wich dieser schnell und recht heftig aus – er schien erschrocken zu sein. Wuschel wandte sich sogleich wieder der Pintostute zu, kehrte aber nach einiger Zeit zu dem Wallach zurück. Als dieser in gleicher Weise reagierte, gab er auf und trottete zu Wendy.

„Gut so“, lobte das Mädchen ihn. „Wenn Caracho nicht will, darfst du ihn nicht bedrängen!“

Yvette schob ihr dichtes krauses Haar, das sie offen getragen hatte, mit beiden Händen in den Nacken und band es zu einem Pferdeschwanz zusammen. „Obwohl Caracho nicht schön ist, ist er trotzdem ein gutes Pferd!“ sagte sie leise, und Wendy nickte schnell. „Ich glaube, Caracho hat ein bißchen Angst vor Wuschel“, fuhr Yvette fort.

„Aber der Hund kennt Pferde“, erwiderte Wendy. „Er hat den ganzen Tag mit ihnen zu tun und würde niemals ein Pferd angreifen. Im Gegenteil. Er würde jedes Pferd des Hofes verteidigen!“

„Das muß Caracho erst lernen.“

„Was ist mit ihm geschehen?“ fragte Wendy. „Ist Caracho mal von einem Hund angefallen worden?“

Yvette zögerte lange. Sie beobachtete die beiden Pferde, die nun friedlich nebeneinander grasten. „Er nicht, aber ich“, sagte sie schließlich, und Wendy sah, daß ihre Unterlippe zu zittern begann.

„Du mußt es mir nicht erzählen“, sagte Wendy rasch. Yvette sollte nicht glauben, daß sie neugierig war. „Ich muß es gar nicht wissen!“

Das rothaarige Mädchen ließ sich in die Hocke sinken. Sie nahm Wuschels Kopf in beide Hände und blickte ihm in die Augen. „Du bist ein ganz lieber Kerl“, sagte sie zu ihm und kraulte ihm den Hals.

Der Hund drehte den Kopf ein wenig zur Seite und stubste sie mit der Nase an.

Wendy lächelte. „Damit will er dir sagen, daß er dich mag“, erklärte sie.

„Ich kenne Caracho schon sehr lange“, erzählte Yvette. Sie sprach mit stockender Stimme, wurde dann aber lebhafter. „Ich glaube, ich war sieben, als ich das erste Mal auf ihm reiten durfte. Damals war er das Pferd meiner Mutter, später gehörte er mir allein. Ich war sehr viel mit ihm zusammen, und wir gewöhnten uns sehr aneinander. Oft habe ich das Gefühl, daß er genau weiß, was ich denke!"

Wuschel wälzte sich im nassen Gras, trottete dann zu Miss Dixie hinüber und legte sich dicht vor ihr auf den Boden. Sie hob nur kurz den Kopf, blickte ihn an und graste dann ruhig weiter.

„Es war auf einer Koppel", fuhr Yvette fort. „Ich wollte Caracho zum Reiten von der Weide holen. Da kam ein Mann mit einem Kampfhund an der Leine vorbei. Ein richtig mieser Kerl. Er machte mich an, und als ich nicht darauf einging, ließ er den Hund frei. Der Hund griff mich an, aber Caracho hat mich verteidigt. Von den Bissen des Hundes hat er die Narben am Maul. Natürlich hatte der Hund keine Schuld. Diese Kampfhunde sind ja im Grunde arme Tiere, die von gewissenlosen Menschen mißbraucht werden!" Wendy nickte. Dieser Ansicht war sie auch.

Es war, als ob der Wallach spürte, daß Yvette von ihm gesprochen hatte. Er kam zu ihr, und sie strich ihm sanft über den Hals. „Er hat mir das Leben gerettet", fügte sie leise hinzu. „Schon deswegen werde ich mich nie von ihm trennen, auch wenn ich ihn einmal nicht mehr reiten kann. Ich werde immer für ihn sorgen. Mir ist es egal, wie er aussieht. Auf das Äußere kommt es nicht an. Das

4 4720-8

ist nur wichtig, wenn man mit seinem Pferd angeben will."

Wendy hätte gern weitere Einzelheiten von dem Zwischenfall mit dem Kampfhund erfahren, doch sie merkte, daß Yvette nicht mehr darüber sprechen wollte.

„Das ist doch klar", meinte sie. „Glaubst du, ich würde jemals Miss Dixie hergeben? Nie!"

Caracho entfernte sich wieder von ihnen. Er kehrte zu dem Westernpferd zurück, um an Miss Dixies Seite zu grasen.

„Weißt du, ich mag Friesen", fuhr Yvette begeistert fort. „Sie haben so eine besondere Ausstrahlung, sie sind ruhig und zuverlässig und haben einen besonderen Charakter. Ich mag ihre Intelligenz, ihr sanftes Wesen, ihre große Gelehrigkeit und ihre Anhänglichkeit. Sie verlangen viel Aufmerksamkeit und Zuwendung, aber wenn sie die bekommen, geben sie viel zurück. Caracho kennt mich ganz genau. Er ist mein Freund, ein wirklicher Freund. Ich würde ihn nie weggeben. Nie!"

Wendy legte ihren Arm um Yvette. „Ärgere dich nicht über das, was meine Cousine gesagt hat", bat sie. „Ich würde meine Miss Dixie auch niemals weggeben. Ich würde sie nicht verkaufen, unter gar keinen Umständen. Und an andere Möglichkeiten denke ich gar nicht erst."

Sie blickte zu dem Westernpferd hinüber, das in diesem Moment den Kopf hob und Wendy anblickte. Voller Aufmerksamkeit spitzte es die Ohren. „Weißt du, wer nie so ein Pferd gehabt hat, kann das nicht verstehen."

Sie wollte sich noch weiter über ihre Liebe zu dem Westernpferd äußern, doch sie verstummte verblüfft. Sie sah, daß zwei Reiter Lindenhöhe verließen. „Siehst du auch, was ich sehe?" fragte sie das rothaarige Mädchen an ihrer Seite. „Oder träume ich?"

„Das wäre zu dieser frühen Morgenstunde nichts Besonderes", lachte Yvette. „Aber wenn ich dir damit helfen kann, will ich dir gern sagen, was ich sehe: eine alte Dame, ich glaube, es ist deine Großmutter, und einen Mann mit langen, weißen Haaren. Sie reiten vom Hof."

„Ich glaube es einfach nicht!" Staunend sah Wendy den beiden Reitern nach, bis sie hinter dem Gebüsch der Feldmark verschwanden. „Das ist doch unmöglich!"

Yvette lachte. „Warum? Was ist so seltsam daran, daß deine Oma reitet? So alt ist sie doch noch nicht. Eine sportliche Frau, finde ich!"

„Du, Yvette", rief Wendy. „Verstehst du denn nicht? Ich habe überhaupt nicht gewußt, daß Oma reiten kann! Ich habe sie noch nie im Sattel gesehen. Noch nie, auch früher nicht. Jetzt weiß ich auch, warum sie kein Frühstück gemacht hat! Wow! Da wird sich mein Vater aber wundern!"

Flavio Scalini führte zwei Pferde aus dem Stall

auf die Koppel heraus. Er nickte den Mädchen zu. „Wendy, mach den Mund zu“, rief er ihr zu. „Die Fliegen fliegen rein!“

„Flavio, hast du Oma das Pferd gesattelt?“ fragte Wendy neugierig.

„Klar, habe ich!“ Er grinste. „Das ist das wenigste, was ich für die Signora tun konnte! Oder hätte ich ihr diese Arbeit nicht abnehmen sollen?“

„Flavio, sie verschwindet einfach! Das gibt ganz sicher Ärger!“

„Ist denn das zu fassen?“ spottete er. „Tja, die Omas sind heute auch nicht mehr, was sie mal waren!“ Er verschwand im Stall.

„Aber das stört mich ja gar nicht“, rief Wendy. „Mir tut Oma ja nur leid, weil ...“ Sie wandte sich Yvette zu, weil der Pferdepfleger sie nicht mehr hören konnte. „Dieser Mann, mit dem meine Oma ausreitet, bringt alles durcheinander. Darüber hat sich mein Vater schon gestern geärgert. Und wenn das heute so weitergeht, gibt es Krach.“

Wie gut sie die Lage eingeschätzt hatte, erfuhr Wendy, als sie wenig später in die Küche des Haupthauses kam. Gunnar Thorsteeg machte keinen Hehl daraus, wie aufgebracht er war. „Von mir aus kann Mutter so viele Freunde treffen, wie sie will“, sagte er zu seiner Tochter. „Ich erwarte jedoch, daß es hier im Haus beim gewohnten Ablauf bleibt. Mutter ist für die Küche zuständig. Sie kann doch wenigstens Bescheid sagen!“

„Das ist doch wirklich kein Problem“, versuchte Heike Thorsteeg ihn zu besänftigen. „Wendy und ich machen das schon. Geh für ein paar Minuten raus zu den Pferden. Wenn du zurückkommst, ist das Frühstück fertig. Und wenn es nicht anders geht, essen wir eben im Reiterstübchen“, fuhr sie fort und schob ihn zur Tür hinaus. Dann fuhr sie sich mit dem Handrücken über die Stirn. „Daß Männer immer gleich Katastrophen heraufziehen sehen!“

„Wer ist dieser Trischmann eigentlich?“ fragte Wendy, während sie ihrer Mutter half, den Tisch zu decken, Eier mit Speck zu braten und Kaffee und Tee zu kochen. „Ich meine, wo kommt er her? Hast du ihn schon mal gesehen? Was hat Oma von ihm erzählt? Ist er als Feriengast bei uns, oder ist er gekommen, um sie zu besuchen?“

„Das sind eine Menge Fragen auf einmal“, sagte die Mutter, der die Arbeit schnell und leicht von der Hand ging. „Ich kann nur eine beantworten. Er ist keiner unserer Gäste, aber ich wäre nicht überrascht, wenn er sich bei uns einquartieren würde.“

Sie hörten, wie die Haustür ging. Schritte waren zu hören.

„Und jetzt kein Wort mehr davon“, bat die Mutter. „Ich hoffe, daß Oma bald wieder zur Vernunft kommt. In ein paar Tagen ist dann alles vergessen.“

„Du glaubst also nicht, daß Oma sich dauerhaft verliebt?“ Wendy lächelte. Sie verstand die Aufregung um ihre Großmutter und deren Schulfreund nicht und konnte sie nicht so recht ernst nehmen. Daß sich eine Frau wie ihre Großmutter noch einmal verlieben würde, konnte sie sich nicht vorstellen. Ihre Großmutter war für sie ein Teil des Reiterhofs Lindenhöhe und der Familie, und sie liebte sie sehr. Wendy und ihren Geschwistern wäre es nie in den Sinn gekommen, daß sich an ihrer Beziehung zu ihrer Großmutter etwas ändern könnte. Ihre Eltern aber schienen sich durch den Besucher geradezu bedroht zu fühlen.

Thorsteeg, Flavio Scalini, Mark Benson und Carl Ruthfuss kamen in die Küche. Beim Frühstück drehte sich das Gespräch nun nur noch um Pferde. Wendy beteiligte sich nicht daran. Sie mußte sich beeilen, denn es wurde Zeit für die Schule. So stand sie auf, packte ihre Schultasche und fuhr mit dem Fahrrad zur nahen Kleinstadt.

Auf halbem Weg zur Schule sah sie ihre Großmutter. Herta Thorsteeg ritt nicht weit von der Bundesstraße entfernt mit ihrem Begleiter an einer großen Koppel entlang, auf der zahlreiche Pferde weideten. Wendy hielt an und beobachtete die beiden Reiter. Überrascht stellte sie fest, daß ihre Großmutter in guter Haltung im Sattel saß. Es war unverkennbar, daß sie reiten konnte, und zwar nicht schlecht. Herta Thorsteeg ritt Massa, einen

Apfelschimmel, eine lebhafte zehnjährige Stute, die einen erfahrenen Reiter verlangte. Schon die Wahl dieses Pferdes verriet, daß Herta Thorsteeg etwas von Pferden verstand. Wendy war sicher, daß sie sich selbst für Massa entschieden und es nicht Flavio Scalini überlassen hatte, welches Pferd für sie gesattelt wurde. Der italienische Stallhelfer hätte ihr ganz sicher ein weniger temperamentvolles Pferd gegeben.

Die beiden Reiter hielten an und beobachteten die Pferde, die auf der Koppel weideten. Herta Thorsteeg klopfte Massa den Hals, und das zeigte Wendy, daß ein gutes Verhältnis zwischen ihr und der Stute bestand.

„Da staune ich aber, Oma“, sagte Wendy leise. „Ich wußte zwar, daß du Tiere magst, aber ich hatte keine Ahnung, daß du so viel übrig hast für Pferde!“

Zu Hause hatte Herta Thorsteeg sich nur selten an den Gesprächen beteiligt, die sich um Pferde drehten. Sie war zwar immer mal im Stall gewesen und hatte für die Pferde oft einen Leckerbissen übrig, aber das war auf einem Reiterhof sowieso selbstverständlich.

Wendy freute sich über ihre Entdeckung, und sie nahm sich vor, so bald wie möglich mit Oma über Pferde zu reden.

Eine furchtbare Nachricht

Heiter und ausgelassen kam Wendy aus der Schule. Sie stürmte wie gewohnt in die Küche, und augenblicklich verflog die gute Stimmung. Mit bedrückten Gesichtern saßen ihre Eltern am Tisch. Es war nicht zu übersehen, daß sie eine Auseinandersetzung gehabt hatten.

„Hallo", sagte Wendy beklommen. Die Spannung zwischen ihren Eltern erfüllte sie mit Unbehagen. Was war denn geschehen? „Essen wir im Reiterstübchen?" fragte sie, nur um etwas zu sagen.

„Ja, geh nur", meinte die Mutter.

„Ist was?" fragte Wendy. Es tat ihr weh, daß ihre Eltern sich gestritten hatten, und es machte sie hilflos, daß sie nichts tun konnte.

„Oma will fortgehen", antwortete ihr Vater einsilbig. Dann stand er auf und ging an Wendy vorbei auf den Flur hinaus. Krachend fiel die Tür hinter ihm ins Schloß.

„Ist das wahr?" Wendy traute ihren Ohren nicht. Das war doch nicht möglich!

„Ja. Dein Vater war wohl etwas ungeschickt seiner Mutter gegenüber. Er hat ihr Verhalten kritisiert, und dann hat er einige nicht ganz passende

Worte über diesen Herrn Trischmann fallenlassen. Jedenfalls hat sie darauf geantwortet, daß sie uns verläßt!“

Nun war es offenbar soweit. Das, was sie sich nie hatten vorstellen können, trat ein. „Aber wir brauchen Oma doch“, protestierte Wendy. Diese neue Situation war ihr nicht geheuer.

Sie hätte gern ausführlicher mit ihrer Mutter über das Problem gesprochen, doch nun kam der Vater in die Küche zurück und rief seine Frau ans Telefon. „Heute ist der Teufel los“, sagte er. „Du wirst im Büro gebraucht, Heike! Ich muß mich um die Pferde kümmern.“

Verwirrt und voller Sorge lief Wendy die Treppe zu der kleinen Wohnung hoch, die ihre Großmutter bewohnte. Sie hoffte, mit der Oma reden zu können, doch Herta Thorsteeg war nicht da. Obwohl sie keinen Appetit mehr hatte, ging Wendy ins Reiterstübchen hinüber. Sie war bedrückt und unsicher. Und das Schlimmste war, daß sie offenbar gar nichts tun konnte. Ein Leben ohne die Großmutter konnte sie sich nicht vorstellen. Oma gehörte eben dazu.

Wendy hätte ganz gern allein gegessen, doch Yvette war auch im Reiterstübchen. Sie setzte sich zu Wendy. „Reiten wir zusammen aus?“ fragte sie.

Wendy schob die Gedanken an die Großmutter und die gedrückte Stimmung der Eltern beiseite und wandte sich Yvette zu. „Wir warten nur noch auf Bianca und Oliver, dann geht es los", erwiderte sie und beschrieb Yvette, wo sie reiten wollten. Und dann hatte sie eine Idee. „Weißt du, morgen, am Samstag, könnten wir eigentlich mal einen weiteren Ritt machen, und zwar zu einem anderen Reiterhof. Dort könnten wir übernachten und am Sonntag nach Lindenhöhe zurückkehren. Oder meinst du, so etwas ist zu anstrengend für Caracho?"

„Bestimmt nicht", erwiderte Yvette begeistert. „Heute dürfen wir nicht so lange fortbleiben, weil der Hufschmied kommt. Wenn Caracho neue Eisen hat, macht ihm so ein Ausflug überhaupt nichts aus. Im Gegenteil. Er geht gern!"

„Also abgemacht! Morgen machen wir einen schönen Ausritt!"

Es dauerte nicht lange, bis Oliver und Bianca auftauchten. Sie waren sofort bereit, mitzureiten.

„Und was ist, wenn Vanessa auch mitwill?" fragte Oliver, nachdem sie die Vorbereitungen besprochen hatten.

„Dann nehmen wir sie mit", entschied Yvette. „Wir werden uns schon vertragen!"

An diesem Nachmittag entfernten sie sich mit ihren Pferden nicht weit von Lindenhöhe und waren bald wieder zurück. Es gab noch einiges vorzubereiten für den Ausritt, zu dem sie schließlich auch noch die Zustimmung der Eltern bekommen mußten. So widmeten sie sich nach ihrer Rückkehr der Pflege ihrer Pferde. Yvette ließ Caracho neu beschlagen. Der große Wallach bekam ein spezielles Hufeisen und eine Zwischenlage aus Hartgummi für das etwas kürzere Bein. Auch Miss Dixie brauchte neue Eisen. So verging der Tag wie im Flug, und als alle Vorbereitungen getroffen waren, stand dem geplanten Ritt nichts mehr im Wege. Wendy und ihre Freunde beschlossen am Abend rechtzeitig schlafen zu gehen, damit sie am nächsten Morgen früh aufbrechen konnten.

„Um halb sieben geht's los", erklärte Wendy noch einmal, als sie sich von den anderen verabschiedete. „Seid also pünktlich um sechs Uhr da."

Am nächsten Morgen waren Yvette, Oliver, Bianca und Vanessa um sechs Uhr da. Unternehmungslustig gingen sie zum Pferdestall, wo Wendy sie bereits erwartete. Sie war leichenblaß.

„Was ist los?" rief Oliver. „Du machst ein Gesicht wie drei Tage Regenwetter!"

„Es ist etwas Furchtbares passiert", erwiderte Wendy tonlos. „Ich mag es euch gar nicht sagen!"

„Was ist los?" fragte Oliver, und seine gute Stimmung war wie weggeblasen. Er kannte Wendy, es mußte etwas wirklich Schlimmes passiert sein.

„Heute nacht sind Pferde gestohlen worden", erwiderte Wendy mit zitternder Stimme.

„Pferde wurden gestohlen?" fragte Vanessa. Sie wurde ernst. „Doch nicht von Lindenhöhe?"

„Doch. Unsere Pferde!" Wendy wich Yvettes Blicken aus. „Gertie hat es als erste gemerkt. Sie hat Alarm geschlagen, aber natürlich war es schon zu spät. Die Diebe sind längst verschwunden!"

Wendy zeigte kurz zu dem dunkelhaarigen kleinen Mädchen in dem gelben T-Shirt hinüber, das am Zaun der Koppel am Teich stand und immer wieder den Hals eines Pferdes streichelte. Es schien, als wollte Gertie ihrem Pferd sagen, wie froh und erleichtert sie war, daß es nicht ebenfalls gestohlen worden war.

Der zierliche Braune mit dem weißen Stern stand dicht neben der Kleinen. Er schien zu wissen, daß er ihr vertrauen konnte.

„Das glaube ich nicht", stotterte Oliver. Entsetzt blickte er Wendy an. „Das hat es doch noch nie gegeben!"

Ratlos sahen sie sich an.

„Welche Pferde sind es?" fragte Yvette. In einer furchtbaren Vorahnung griff sie nach Wendys Arm. „Doch nicht Caracho?"

Wendy blickte zu Boden. Sie nickte. „Doch", antwortete sie leise. „Caracho ist verschwunden. Und Navarro und fünf andere Pferde auch!"

„Navarro?" Oliver wollte es nicht glauben. „Wieso denn? Wie ist das möglich? War er denn draußen?"

„Ja", erwiderte Yvette mit zitternder Stimme. „Es war so warm, und da meinte mein Vater, es könne nicht schaden, wenn Caracho mal draußen bleibt."

„Das hat mein Vater auch gesagt", fügte Wendy hinzu. „Es sind immer einige Pferde draußen, wie ihr wißt. Das ganze Jahr über. Heute nacht gehörte auch Miss Dixie dazu, aber sie ist zum Glück noch da. Sie war mit den anderen Pferden auf der Dünenkoppel. Aber für die Pferdediebe war sie wohl zu auffällig gekennzeichnet. Ich habe sie sofort in den Stall geholt."

Navarro gehörte Oliver nicht. Seine Eltern hatten das Pferd nur für ihn gemietet. Aber zwischen Oliver und dem schönen Sommerrappen bestand eine so enge Bindung, daß der Junge Navarro nur als „sein Pferd" betrachtete. Es dauerte einige Zeit, bis er die volle Bedeutung dieses Diebstahls erfaßte. Blaß und zu keinem Wort fähig blickte er Wendy an. Die Nachricht vom Verlust der Pferde war einfach schrecklich.

Auch Yvette brachte kein Wort über die Lippen. Sie lief in den Stall und zu der Box, in der Caracho gestanden hatte, und blieb dort wie erstarrt stehen. Wendy wollte ihr nachgehen, dann hielt sie es jedoch für besser, Yvette allein zu lassen, bis sie sich ein wenig gefaßt hatte. Wendy wußte, was Yvette empfand. Bei dem Gedanken an ein mögliches Verschwinden von Miss Dixie wurde ihr ganz schlecht.

„Was können wir tun?" fragte Bianca tonlos. Sie

war ebenso entsetzt wie die anderen.

„Mein Vater ist mit Wachtmeister Struwe und den anderen schon draußen auf der Koppel“, entgegnete Wendy. „Vielleicht sollten wir auch hinreiten. Dann bekommen die Pferde ihre Bewegung!“

„Jedenfalls ist das besser, als hier zu warten!“ meinte Bianca.

Auch Oliver nickte. Er war immer noch sehr blaß, aber sein Gesicht hatte einen Ausdruck von Entschlossenheit, wie ihn Wendy noch nie bei Oliver gesehen hatte.

„Ich lasse mir mein Pferd nicht wegnehmen. Ich suche Navarro!“ Oliver ließ keinen Zweifel daran, wie ernst er es meinte. Alle wußten, wie sehr er den Wallach liebte. Und sie alle wußten auch, was ein Pferdediebstahl bedeuten konnte. In vielen Fällen wurden die gestohlenen Pferde nie wieder gefunden. Sie wurden schnell weiterverkauft, auf weit entfernten Pferdemärkten, an dubiose Reitställe, und an Schlachthöfe oder private Schlachter. Das Schlimmste aber, das gestohlenen Pferden passieren konnte, war der Transport als Schlachtvieh nach Süditalien, Frankreich oder Spanien. Sie alle wußten, welch elendes Schicksal diese Schlachtpferde erwartete; wie grausam und qualvoll diese Transporte waren – ohne Futter und Wasser, eingepfercht in engen Lastwagen oder Eisenbahnwaggons, roh behandelt und geschlagen am Zielort, wo diese Pferde der Tod erwartete.

Wendy zitterte. Es war nicht auszudenken. Das durfte einfach nicht geschehen! Sie *mußten* ihre Pferde wiederfinden! Die Polizei durfte nicht aufgeben! Vielleicht konnten sie alle mithelfen, den Diebstahl aufzudecken. Sie mußten es versuchen.

Wendy sah Yvette an. Sie war leichenblaß, aber sie weinte nicht. Yvette war ganz still. Starr stand sie vor Carachos leerer Box, blicklos und ohne Tränen.

Wenn sie doch weinen könnte! dachte Wendy. Es würde ihr vielleicht helfen.

Sie holten Miss Dixie, den Wallach Tropic, Biancas Pferd, und Manna, einen Holsteiner Wallach, für Oliver aus dem Stall. Sie zäumten die Pferde stumm auf und sattelten sie. Für Yvette wählten sie Strandläufer, eine Hannoveraner Stute, doch das rothaarige Mädchen weigerte sich zunächst, die anderen zu begleiten. Sie wollte mit ihrem Kummer allein sein. Das aber ließ Wendy nicht zu. Sie brachte Yvette mit behutsamem Zureden dazu, mit ihnen zu kommen.

„Wir werden die Pferde suchen", erklärte sie, „und da brauchen wir auch deine Hilfe. Es könnte ja sein, daß Caracho irgendeine Spur hinterlassen hat, die nur du siehst, die uns gar nicht auffallen würde!"

Das schien Yvette zu überzeugen. Langsam ging sie mit Wendy zu der Stute Strandläufer. Mechanisch klopfte sie den Hals des Pferdes. Immer wieder drängten sich die schrecklichen Gedanken in den Vordergrund, die sie nicht vertreiben konnte, gegen die sie sich nicht wehren konnte. Und je mehr sie sie fortschob, desto deutlicher wurden diese Schreckensbilder. Sie waren so furchtbar, daß Yvette nicht darüber zu sprechen wagte.

„Ich bleibe hier", erklärte Vanessa. Ihr gingen ähnliche Gedanken durch den Kopf, und es tat ihr leid, was sie zu Yvette vom Gnadenbrot gesagt hatte. Jetzt wünschte sie, sie hätte nichts über Caracho gesagt. „Ich gehe zum Telefon. Vielleicht finde ich etwas heraus. Danach fahre ich zu Alf Terjung. Er kann uns vielleicht helfen. Hast du ein Foto von Caracho?" wandte sie sich an Yvette.

Die schüttelte den Kopf. Zu Hause hatte sie viele Fotos von ihrem Pferd, aber sie hatte kein einziges Bild mit in die Ferien genommen.

Vanessa eilte zum Haus hinüber. Sie wollte sofort mit Alf Terjung telefonieren, einem Reporter von der Zeitung, mit dem ihre Mutter befreundet war. Vanessa wollte ihn bitten, so schnell wie möglich einen Bericht über den Pferdediebstahl zu veröffentlichen. Sie hoffte, daß so ein Artikel Aufmerksamkeit erregen und möglicherweise einen Zeugen veranlassen würde, sich zu melden. Presse ist immer gut, dachte Vanessa. Je mehr Leute von dem Pferdediebstahl erfahren, desto besser ist es.

In schnellem Trab verließen Wendy, Yvette,

Bianca und Oliver auf ihren Pferden den Reiterhof. Sie folgten einem in südöstlicher Richtung verlaufenden Feldweg. Durch ein Wäldchen und über einige Hügel hinweg ging es auf offene Wiesen hinaus, die sich bis zu den Dünen an der Ostseeküste erstreckten. Endlich sahen sie den Streifenwagen der Polizei und die Männer um Gunnar Thorsteeg an der Koppel, von der die Pferde gestohlen worden waren.

Flavio Scalini kam ihnen entgegen und stellte sich ihnen in den Weg. „Nicht weiter", bat er. „Wachtmeister Struwe ist dabei, die Spuren zu sichern. Bleibt hier!"

Sie stiegen ab und banden ihre Pferde an einigen kräftigen Sträuchern fest. Dann folgten sie Flavio. Sie hielten sich am Rand des Weges, um keine der Reifenspuren zu zertreten, die deutlich im Sand zu erkennen waren.

„An einigen Stellen war der Sand feucht", erklärte Flavio Scalini. „Dort haben sich die Reifen deutlich erkennbar eingedrückt!" Er war aufgeregt; er liebte die Pferde von Lindenhöhe. Und so wie alle anderen wußte auch er genau, welches Schicksal die gestohlenen Tiere erwarten konnte.

Wachtmeister Struwe goß Gips auf die Spuren, um Beweismittel zu sichern. Er hoffte, bald das Auto mit dem Reifen zu finden, der die Spur hinterlassen hatte. Mark Benson half ihm. Dabei sah er nicht gerade so aus, als ob er viel von dieser Ar-

5 4720-8

beit hielte. Gunnar Thorsteeg bemerkte Yvette und kam ihr entgegen. Er war blaß, und seine Lippen waren schmal. Das Verbrechen bedrückte ihn. „Es tut mir leid", sagte er ernst. „Ich habe mir nicht vorstellen können, daß so etwas hier bei uns geschehen könnte!"

Wachtmeister Struwe war ein etwas umständlicher, bedächtiger Mann mit grauen Haaren und einem schmalen, blassen Gesicht. Er machte oft den Eindruck, daß er von den Dingen überfordert wurde, die auf ihn zukamen. „So etwas habe ich auch noch nicht erlebt. Aber in letzter Zeit haben wir öfter von Pferdediebstahl gehört. Die Tiere verschwinden von den Koppeln, meistens nachts. Die Verbrecher hier waren mit vier Transportern da, und niemand hat sie gestört. In aller Ruhe haben sie die Pferde eingefangen und auf die Wagen verladen, und dann sind sie verschwunden, ohne daß sie jemand gesehen hat. Seltsam. Acht Pferde hätten sie mitnehmen können, aber es sind nur sieben verschwunden."

„Es sieht so aus, als wäre es ihnen nicht gelungen, Miss Dixie einzufangen", bemerkte Gunnar Thorsteeg. „Sie war ebenfalls auf dieser Koppel. Vielleicht war die Pintostute ihnen zu auffällig gezeichnet."

„Richtig!" Struwe nickte. „So ein geschecktes Pferd ist nicht so leicht zu verkaufen."

Wendy, Oliver und Bianca sahen sich aufmerksam um. Sie hofften, irgendwo Hinweise auf die Diebe zu finden.

Yvette stand wie gelähmt am Wegesrand. Sie war blaß bis an die Lippen. Zutiefst getroffen von dem Verlust des geliebten Pferdes, blickte sie trostlos auf die Koppel hinaus, als hoffte sie, daß Caracho wie durch ein Wunder doch noch auftauchen würde.

Nachdem sie ohne jeden Erfolg nach weiteren Spuren der Diebe gesucht hatte, ging Wendy zu ihrem Vater.

Sie standen einige Schritte abseits von den anderen, so daß die nicht hören konnten, was sie besprachen.

„Navarro und die anderen sind wertvolle Pferde", sagte Wendy leise. „Die Diebe können sie bestimmt als Reitpferde verkaufen. Ich verstehe aber nicht, daß sie Caracho mitgenommen haben. Warum haben sie das getan? Was haben sie mit ihm vor?"

„Ich weiß es nicht", erwiderte Thorsteeg ernst. „Ich kann es nur vermuten. Auf der Koppel waren Navarro, Champion, Nordwind, Thora und Astor – alles gute Reitpferde. Und dann noch Caracho und Willem."

„Willem auch?" rief Wendy erschrocken. „Aber der ist schon fast dreißig Jahre alt. Er bekommt sein Gnadenbrot bei uns. Was wollen die Kerle mit ihm?"

„Ich fürchte, das gleiche wie mit Caracho!“ Wendys Vater blickte schnell zu Yvette hinüber, bevor er fortfuhr: „Sie werden Willem und Caracho an den Schlachter verkaufen. Da bringen die beiden noch Geld. Etwas anderes kommt wohl nicht in Frage.“

Verzweifelte Suche

„Das ist mir längst klar“, sagte Yvette mit tonloser Stimme, als Wendy ihr von dem Gespräch mit ihrem Vater erzählte. „Ich wußte von Anfang an, was die Verbrecher mit Caracho vorhaben. So ein Pferd wie ihn verkauft man nicht als Reitpferd.“

Wachtmeister Struwe und die Männer vom Reiterhof waren weggefahren. Nun standen Wendy, Bianca, Oliver und Yvette allein an der Koppel. Sie waren ratlos und zutiefst erschrocken über die Rücksichtslosigkeit und eiskalte Planung, mit der die Pferdediebe vorgegangen waren.

„Was können wir nur tun?“ fragte Bianca, die tiefes Mitleid mit Yvette und Oliver empfand. Sie hielt Tropic fest am Zügel, so als befürchte sie, daß der Wallach ihr weggenommen wurde, obwohl sie neben ihm stand. Wendy dagegen hatte ihre Miss Dixie auf die Koppel gelassen, die ganz nahe beim Pferdestall lag. Sie würde ihr Pferd nicht mehr aus den Augen lassen.

„Es gibt nicht mehr viele private Schlachter“, bemerkte Oliver. „Die meisten mußten ihre Betriebe einstellen. Ich werde sie der Reihe nach abfahren, um ganz sicher zu sein, daß die Pferde nicht dorthin gebracht worden sind. Außerdem werde ich alle Schlachter fragen, ob sie etwas von Pferden gehört haben, die irgendwo angeboten worden sind. Zu den großen Schlachthöfen fährt die Polizei!"

„Nicht nur du tust das", erwiderte Wendy entschlossen. „Ich komme mit, und Bianca und Yvette wohl auch."

„Natürlich", sagte Wendys Freundin, ohne einen Augenblick zu zögern, und Yvette nickte stumm. Sie konnte keinen klaren Gedanken fassen. Sie meinte, das Wiehern Carachos hören zu können, und immer wieder hoffte sie verzweifelt, er werde jeden Moment aus dem Wald hervorstürmen und zu ihr kommen oder in der Ferne auf den Dünen der Ostsee erscheinen. Sie konnte und wollte sich nicht vorstellen, daß ihr treuer Freund womöglich bereits einem Schlachter zugeführt wurde.

„Was sind das nur für Menschen?" fragte sie leise, als sie in Richtung Stadt ritten. „Wie können sie so etwas tun? Einen Freund wie Caracho werde ich nie wieder haben."

„Ob Struwe nicht auch bei den privaten Schlachtern anfragt?" überlegte Bianca. „Eigentlich müßte er doch so vorgehen."

„Mein Vater meint, daß er sie anruft", entgegnete Wendy. Sie verschwieg, daß ihr Vater nicht recht an einen Erfolg des Wachtmeisters glaubte. Er war davon überzeugt, daß die gestohlenen Pferde sich längst nicht mehr in der näheren Umgebung von

Lindenhöhe befanden, sondern bereits auf dem Weg nach Westen oder Süden waren. Er hatte ihr gesagt, daß Pferdefleisch vor allem in Frankreich und Italien viel gegessen wurde, und daß manche Pferdehändler keine Rücksicht kannten, wenn es um ihr Geschäft ging. Immer wieder mußte Wendy an Berichte von Tiertransporten denken, die vom Fernsehen gesendet worden waren. Da waren Zustände geschildert worden, die jeden Tierfreund entsetzten. Sie konnte und wollte sich nicht vorstellen, daß die geliebten Pferde von Lindenhöhe solche Qualen erleiden mußten. Das mußte einfach verhindert werden, dachte sie verzweifelt. Aber wie? Was konnten sie nur tun?

„Wahrscheinlich versteckt man die Pferde irgendwo auf einem Bauernhof, bis sich alles beruhigt hat und niemand mehr nach ihnen sucht", hatte Wachtmeister Struwe erklärt. „Später können die Diebe die Pferde dann ungefährdet wegbringen. Wenn es so ist, dann wird es sehr schwierig für uns werden."

Wendy ging auf die Koppel, um Miss Dixie zu holen. Sie pfiff auf den Fingern, aber seltsamerweise kam das Westernpferd nicht zu ihr. Es stand mit tief gesenktem Kopf und flach zurückgelegten Ohren am Rande der Koppel. Die Nüstern waren schmal nach oben gezogen, und über ihnen hatte sich eine scharfe Falte gebildet.

„Was soll das denn?" Wendy war verdutzt. „Du

zeigst mir dein Drohgesicht? Was willst du mir denn mitteilen?“

Die braunweiß gezeichnete Stute wich einige Schritte zurück, warf dann wiehernd den Kopf auf und trabte zügig davon. Wendy blieb stehen, sie wollte nicht hinter der Stute herlaufen, um sie einzufangen. „Na, komm schon, Miss Dixie“, lockte sie. „Wir können jetzt wirklich nicht miteinander spielen. Wir müssen in die Stadt.“

Die Grasnarbe war an einigen Stellen durchbrochen, und Wendys Füße sanken im weichen Boden ein. Sie trat ein paar Schritte zur Seite, um ihre Stiefel nicht unnötig naß zu machen. Dabei blickte sie nach unten. Sie stutzte, und dann winkte sie den anderen.

„Kommt mal her“, rief sie. „Hier ist eine Spur!“

„Es war also eine Frau dabei“, stellte Oliver fest, als er die Abdrücke von kleineren Füßen sah. Sie zeichneten sich auf einer feuchten Stelle des Bodens deutlich ab. „Ihre Hacken haben sich tief eingedrückt.“

„Eine Frau?“ zweifelte Bianca. „Der Absatz ist ziemlich breit und lang. Findet ihr nicht?“

„Der Schuh hat sich fest eingedrückt, und er ist zu schmal für einen Männerfuß“, behauptete Oliver. „Ich wette, die Spur stammt von einer Frau. Natürlich ist sie nicht mit Sandalen, sondern mit Sportschuhen oder Stiefeln auf die Koppel gegangen.“

„Hier hat Wachtmeister Struwe einen Abdruck genommen“, stellte Wendy fest. „Man sieht noch Reste von Gips.“ Damit verlor die Spur an Interesse für sie. Dies hier würde die Polizei untersuchen.

„Ich dachte schon, wir hätten etwas Wichtiges entdeckt“, sagte Oliver enttäuscht, „aber Struwe hat die Spur nicht übersehen. Er wird sich darum kümmern.“

Als sie die Koppel verließen, kam Miss Dixie, ohne daß Wendy sie hätte rufen müssen, und lief mit ihnen zum Paddock.

Danach brachen sie auf. Schweigend legten sie den Weg zur Stadt zurück und folgten dann einer ruhigen Seitenstraße, bis sie in die Nähe einer kleinen privaten Schlachterei kamen.

Yvette zügelte ihr Pferd. „Weiter gehe ich nicht“, erklärte sie. „Mir wird übel, wenn ich sehe, was dort passiert. Ich kann es nicht!“

„Wir lassen die Pferde hier“, entschied Wendy und stieg ab. Sie nickte Yvette ernst zu. Alle banden ihre Pferde an. „Es ist besser so! Du gibst auf sie acht, Yvette!“ bat Wendy.

Zusammen mit Oliver und Bianca ging sie zu der Schlachterei, die sich auf einem Hinterhof befand und nur durch eine schmale Zufahrt zu erreichen war. Am Samstag wurde normalerweise nur in Notfällen geschlachtet, doch auch heute quoll dichter Wasserdampf aus dem Schlachthaus; die Gestalten der Männer, die darin arbeiteten, waren nur schemenhaft zu erkennen. Ein unangenehmer Geruch schlug den Freunden entgegen. Einer der Männer bemerkte sie und verließ das Schlachthaus. Er war untersetzt und wirkte ganz freundlich. Seine Hände waren gerötet und rauh von der Feuchtigkeit, in der er ständig arbeitete.

„Wendy", rief er. „Ich kann mir schon denken, weshalb ihr herkommt. Wegen der gestohlenen Pferde. Richtig?"

„Ja, das stimmt", antwortete sie. „Haben Sie Pferde geschlachtet?"

„Seit Tagen nicht mehr", erwiderte er. „Und wenn jemand mit Pferden käme, würde ich sie mir sehr genau ansehen. Besonders wenn ein Friese dabei ist. Dein Vater hat mir Caracho genau beschrieben. Die Polizei war schon bei mir."

Beim nächsten Schlachter, der sich in einem nicht weit von der Stadt entfernten Dorf befand, erhielten sie eine ähnliche Auskunft. Ihm waren keine Pferde angeboten worden, und er hatte auch nicht von Angeboten gehört, die anderen Schlachtern gemacht worden waren.

„Ich schlachte sowieso kaum noch Pferde", erklärte er. „Die gehen heute alle an die großen Schlachthöfe in Hamburg und Kiel."

Yvette ließ den Kopf hängen, als sie erfuhr, daß es keine neuen Informationen gab. Ihre Lippen zuckten, aber sie weinte nicht. Ihr Schmerz wollte sich nicht in Tränen lösen. „Wir sind keinen

Schritt weitergekommen", sagte sie mutlos. „Es ist zu spät. Caracho lebt vielleicht schon nicht mehr!"

„Das glaube ich nicht", widersprach Wendy. „Vergiß bitte nicht, daß heute Samstag ist. Heute und morgen wird nur in Notfällen geschlachtet, und weder Caracho noch die anderen Pferde sind schwer verletzt oder so krank, daß es keinen anderen Ausweg für sie gibt. Also wird ihnen nichts passieren. Gefährlich wird es erst ab Montagmorgen für sie."

„Vielleicht hast du recht!" Yvette war nicht überzeugt.

Wendy, Bianca und Oliver wechselten einen kurzen Blick miteinander. Sie waren nicht ganz so optimistisch, wie sie sich gaben. Je größer der Vorsprung der Diebe wurde, desto schwieriger wurde es, sie aufzuspüren. Es war schon bald Mittag, und sie machten sich wieder auf den Rückweg nach Lindenhöhe.

Miss Dixie war ungewöhnlich ruhig. Sie schien ihre Weidegefährten zu vermissen. Sie verzichtete auch auf die Spiele, die sie sonst so liebte, und mit denen sie Wendy aufzumuntern versuchte. War Wendy traurig oder bedrückt, dann spürte Miss Dixie das bald. Sie tat dann bei einem Ritt so, als würde sie von einem Sperling erschreckt, der aus einem Knick aufflog, und tänzelte überraschend zur Seite; oder sie ging plötzlich und ohne entsprechenden Befehl vom Schritt in einen schnellen Trab über, als müsse sie vor irgend etwas fliehen. Sie buckelte, blieb stehen, scheute oder stieg wiehernd, als fürchte sie sich vor etwas, was sich vor ihnen befand. Fast immer gelang es Miss Dixie damit, Wendy aufzumuntern. An diesem Tag aber versuchte die Stute das nicht. Sie schien zu spüren, daß sie die düsteren Wolken nicht vertreiben konnte, die über ihr und ihren Freunden aufgezogen waren.

„Wäre ich nur nicht nach Lindenhöhe gekommen", sagte Yvette leise, als sie die Stallungen erreichten und die Pferde versorgten. „Dies wäre nicht passiert, wenn ich woanders mit Caracho Ferien gemacht hätte. Aber es hieß, daß Lindenhöhe der schönste Reiterhof in Norddeutschland ist, und daß er es hier besonders gut haben würde."

Wendy hätte Yvette gern widersprochen und ihr gesagt, daß Lindenhöhe keine Schuld an dem Verschwinden der Pferde traf, doch sie wußte, daß sie mit Worten nichts ausrichten konnte. Yvette war zutiefst traurig und mutlos, sie war sachlichen Argumenten gegenüber jetzt nicht zugänglich. Und Wendy verstand das.

Als sie mit den Pferden fertig waren, kam Vanessa zu ihnen, um ihnen mitzuteilen, daß sie eine große Zahl von Schlachtern bis zur dänischen Grenze angerufen hatte. „Nirgends sind die Pferde aufgetaucht", sagte sie. „Aber damit gibt sich

Onkel Gunnar nicht zufrieden. Er wird mit uns kreuz und quer durch Schleswig-Holstein fahren und jeden einzelnen Schlachter aufsuchen, den er kennt und von dem er weiß. Er hofft, die gestohlenen Pferde vielleicht irgendwo auf einer Koppel zu sehen. Auf jeden Fall gibt sich dein Vater große Mühe, Wendy!“

Wendy und ihre Freunde sahen noch einmal nach den Pferden und halfen danach, einige weitere Pferde von der Weide zu holen. Obwohl nicht damit zu rechnen war, daß die Pferdediebe so schnell wieder tätig wurden, hatte Gunnar Thorsteeg entschieden, daß in den nächsten Tagen und Nächten keines der Pferde unbewacht bleiben sollte. Danach verließ er Lindenhöhe mit Wendy, Bianca, Oliver und Yvette, um durch das nördliche Schleswig-Holstein zu fahren und einen Schlachter nach dem anderen aufzusuchen. Nur bei wenigen wurde gearbeitet. Bei den anderen erwies es sich als außerordentlich schwierig, Auskünfte zu bekommen, da sich niemand im Betrieb aufhielt. So mußte Thorsteeg einige Male in die umliegenden Gaststätten oder in benachbarte Häuser gehen und nach dem Schlachter fragen. Es kam nicht viel dabei heraus. Danach fuhr er auch über die Feldwege in die Feldmark, um sich die Pferde auf den Koppeln anzusehen. Einen Hinweis auf die gestohlenen Pferde fand er nicht.

Während Thorsteeg sich in der Nachbarschaft

der Schlachter umsah, blickten Wendy und ihre Freunde in die Ställe, die zu beinahe jedem Schlachtbetrieb gehörten, aber auch hier entdeckten sie keine Spuren ihrer vermißten Pferde. „Niemand hat etwas von Astor, Caracho, Willem und den anderen Pferden gehört", stellte Thorsteeg schließlich enttäuscht fest.

Der Tag neigte sich dem Ende zu, und sie hatten noch über zwei Stunden zu fahren, um nach Lindenhöhe zurückzukommen. „Einige Schlachter wußten schon, worum es geht, da Vanessa bei ihnen angerufen hatte. Andere haben von uns oder durch die Polizei von dem Diebstahl erfahren. Aber was nützt das alles? Keiner weiß etwas. Die Pferde scheinen sich in Luft aufgelöst zu haben. So eine Suche ist furchtbar schwierig. Die Tiere können ganz in der Nähe sein. Oder sie sind längst fortgebracht worden!" schloß er düster.

Wendy und ihre Freunde antworteten nicht. Sie waren zutiefst bedrückt. Von der Rundfahrt hatten sie sich viel versprochen. Sie hatten geglaubt, wenigstens einen Hinweis auf die gestohlenen Pferde zu bekommen. Doch sie hatten nicht den geringsten Erfolg gehabt.

Der Mann vom Zirkus

Als Wendy am Sonntagmorgen aufwachte, war noch alles ruhig im Haus. Sie hörte Wuschel bellen, und kleine Steinchen flogen klirrend an ihr Fenster. Rasch sprang sie aus dem Bett und blickte hinaus. Unten auf dem Hof stand Yvette und winkte ihr aufgeregt zu. Wendy öffnete das Fenster.

„Guten Morgen“, rief das rothaarige Mädchen eifrig. „Hast du Lust, mit auszureiten?“

„So früh?“ Wendy gähnte. „Es ist gerade fünf!“

Auf den Wiesen lagen noch dicke Nebelstreifen. Aus ihnen ragten die Rücken der Kühe hervor, die zu dieser frühen Stunde schon grasten. Störche schritten würdevoll zwischen ihnen umher; jetzt war eine gute Zeit für Frösche. Auf Lindenhöhe waren wieder mehrere Storchenpaare heimisch geworden, die sogar gebrütet und Junge bekommen hatten. Die Familie Thorsteeg kümmerte sich sehr darum, daß diese gefährdeten Vögel hier in Ruhe leben konnten.

„Ich weiß, aber ich habe etwas Wichtiges vor. Und ich brauche deine Hilfe! Bitte, komm!“ Yvette streichelte Wuschel, der erwartungsvoll neben ihr stand.

„Also gut", antwortete Wendy. „Ich kann jetzt sowieso nicht mehr schlafen. Warte!"

Sie brauchte nicht viel Zeit, um sich frisch zu machen und sich anzuziehen. Dann eilte sie leise die Treppe hinunter und zum Haus hinaus. Wuschel lief ihr freudig entgegen. Er sprang an seiner Freundin hoch und war dabei so stürmisch, daß er Wendy beinahe umgeworfen hätte. Sie umarmte ihn und kraulte ihm das Fell. „Was ist los, Yvette?" fragte sie. „Hast du eine Idee, wie wir die Pferde wiederfinden können?"

„Leider nicht!" Yvette schüttelte den Kopf. „Aber mir ist eingefallen, daß es noch ein Pferd in der Nähe gibt, auf das die Diebe es abgesehen haben könnten. Ich meine den klugen alten Sammy. Weißt du noch? Das Pferd von Matthias, das du eingefangen hast!"

Wendy hatte plötzlich ein flaues Gefühl in der Magengegend. Sie erinnerte sich daran, daß Sammy als Robustpferd gehalten wurde und ständig draußen war. Und er war aus einem ganz besonderen Grunde gefährdet. Er war alt und war somit ein geeignetes Opfer für die Pferdediebe. Sammy war kräftig und würde immer noch einen guten Schlachtpreis bringen. Wendy drängte diese Gedanken mit Gewalt fort.

„Du meinst also, wir sollten zum Hartung-Hof reiten, um Matthias und seine Eltern zu warnen?" Sie nickte. „Eine gute Idee. Hoffentlich ist es noch nicht zu spät. Für Matthias wäre es schlimm, wenn er sein Pferd verlieren würde."

„Das finde ich auch!" sagte Yvette leise. „Komm schnell!"

Die beiden Mädchen eilten zum Stall. Sie holten Miss Dixie und Strandläufer aus ihren Boxen. Bald waren die Pferde aufgesattelt, und die beiden Reiterinnen verließen Lindenhöhe in schnellem Trab.

„Ich habe nicht auf den Weg geachtet", gestand Yvette. „Deshalb bin ich nicht sicher, ob ich den Hof finde. Aber du kennst dich ja aus."

„Der Hof ist nicht so leicht zu finden", erwiderte Wendy. „Du wirst schon sehen. Aber natürlich kenne ich ihn!"

Sie ritten durch einen kleinen Wald und folgten von hohen Knicks gesäumten Wegen, auf denen man leicht die Orientierung verlieren konnte. Endlich aber tauchte der einsam gelegene Hof vor ihnen auf. Und schon von weitem sahen sie Sammy auf der Weide stehen. Ein Mann und eine Frau hatten das Haus soeben verlassen. Sie beluden einen Personenwagen mit Taschen und Decken.

„Ich glaube, wir kommen gerade noch rechtzeitig", sagte Yvette. „Sie wollen wegfahren!"

Die Mädchen folgten dem Feldweg bis zum Bauernhof, und als sie ihn erreichten, kam ihnen die Mutter von Matthias entgegen, während der Vater wieder ins Haus ging. Die Frau war älter, als

6 4720-8

Wendy erwartet hatte. Weißes Haar fiel ihr in dünnen Strähnen ins Gesicht. „Kann ich etwas für euch tun?“ fragte sie, nachdem sie Wendys und Yvettes Begrüßung erwidert hatte.

„Wir möchten Ihnen etwas sagen“, erwiderte Wendy und erklärte, um was es ging. Die Frau zuckte zusammen, erschrocken blickte sie zu Sammy hinüber. Neugierig war der Braune an den Zaun gekommen.

„Diebe, die es auf alte Pferde abgesehen haben? Ich hätte nicht gedacht, daß es so etwas noch gibt“, bemerkte sie kopfschüttelnd. „Danke, daß ihr mich gewarnt habt. Ich werde Sammy in den Stall stellen. Da hat er zwar nur wenig Platz, aber er ist sicher. Und das allein ist jetzt wichtig.“

Wendy führte ihr Westernpferd zu einem Trog, um Miss Dixie trinken zu lassen. „Haben Sie so etwas schon einmal erlebt?“ fragte sie. „Es hörte sich so an.“

„Allerdings“, erwiderte die Frau. „Als meine Laufbahn als Artistin dem Ende zuging, war ich bei einem kleinen Wanderzirkus, der sich gerade eben über Wasser halten konnte. Weil wir ständig zu wenig Zuschauer hatten, war nie genug Geld in der Kasse. Ich habe mich von dem Zirkus getrennt, als ich merkte, daß der Inhaber hin und wieder alte Pferde von den Weiden stahl, um sie an die Schlachter zu verkaufen oder an seine Raubtiere zu verfüttern. Ich fand das so furchtbar, daß ich nichts mehr mit all dem zu tun haben wollte."

„Sie haben ihn nicht angezeigt?" fragte Yvette erstaunt.

„Und ob ich das habe!" antwortete die Frau. „Leider kam nicht viel dabei heraus. Danach haben mein Mann und ich uns von dem Zirkus getrennt und Sammy mitgenommen."

„Wie konnte der Mann so etwas tun?" fragte Wendy empört. „Ist es denn so einfach, Pferde zum Schlachter zu bringen? Fragt niemand nach Papieren?"

„Einfach ist es nicht. Der Besitzer hat damals immer behauptet, diese alten Pferde seien für den Zirkus nicht mehr geeignet und müßten ausgesondert werden, damit er sich jüngere kaufen könne. Damit ist er überall durchgekommen. Natürlich ist er nie zu den offiziellen Schlachthöfen gegangen. Aber auch da passieren solche Dinge!"

Sie wies die Mädchen darauf hin, daß der Zirkus hier in der Nähe während der Sommermonate von einem Ort zum anderen zog und nirgends länger als ein paar Tage blieb. Daher hatte der Inhaber des Unternehmens die Pferde stets anderen Schlachtern angeboten, und keiner hatte Verdacht geschöpft. Oder zumindest nicht gefragt ... Sie hob beide Hände, um voreilige Schlüsse der Mädchen abzuwehren. „Ich will damit nicht behaupten, daß die Pferde auch in diesem Fall von einem Zirkus gestohlen wurden. Ich habe euch nur gesagt, wie es damals war!"

Als sie sich noch einmal bei ihnen für die Warnung bedankt hatte, kam ihr Mann mit Matthias aus dem Haus. Er drängte zur Eile, weil sie abfahren wollten. Matthias und seine Mutter gingen zur Koppel, holten Sammy und führten ihn in den Stall. Wendy und Yvette verabschiedeten sich und machten sich auf den Rückweg nach Lindenhöhe. Sie winkten, als das Auto an ihnen vorbeifuhr.

„Ist dir etwas aufgefallen?" fragte Wendy.

„Nein", erwiderte Yvette verdutzt. „Was meinst du?"

„Die Frau trug Stiefel mit halbhohen Absätzen. Die Abdrücke sahen so ähnlich aus wie die auf der Dünenkoppel!"

Yvette wurde blaß. Betroffen blickte sie dem Auto nach. „Du meinst doch nicht ...?"

„Ich kann mir nicht denken, daß sie zu den Pferdedieben gehört", sagte Wendy nachdenklich. „Aber trotzdem – wissen kann man es nicht. Laß uns wieder umkehren! Wir sehen uns noch mal auf dem Hof um."

Als sie sich wenig später die verdächtigen Spuren ansahen, kamen ihnen Zweifel.

„Ich bin mir nicht sicher", bemerkte Yvette.

„Ich auch nicht", gab Wendy zu, während sie begann, sich auf dem Hof umzusehen. Durch die Fenster blickten sie in den Stall, aber nur Sammy stand darin, und in der Tenne befand sich keines der gesuchten Pferde. Auch sonst gab es nicht den geringsten Hinweis darauf, daß die Eltern von Matthias irgend etwas mit dem Pferdediebstahl zu tun hatten. Dennoch waren die beiden Mädchen nicht überzeugt.

„Was sollte diese Geschichte vom Zirkus?“ fragte Wendy. „Ob sie uns damit ablenken wollte?“

„Keine Ahnung. Weißt du denn, ob ein Zirkus in der Nähe gastiert?“ überlegte Yvette.

„Ich glaube nicht“, erwiderte Wendy, „sonst hätten wir Plakate in der Stadt oder an der Landstraße gesehen. Nach dem Frühstück werde ich bei Wachtmeister Struwe anrufen. Vielleicht hat der was gehört.“

Sie ritten nach Lindenhöhe zurück, und nachdem sie ihre Pferde in den Stall gebracht hatten, trennten sie sich, um zu frühstücken. Sie verabredeten sich für später. Während Yvette in den Bungalow ging, den sie mit ihren Eltern bewohnte, eilte Wendy in die Küche des reetgedeckten Haupthauses. Erst als sie eintrat, fiel ihr wieder ein, daß die Großmutter ihre Aufgaben in der Küche nicht mehr wahrnehmen wollte. Auf dem Tisch lagen ein Messer und ein Brett mit einem Stück Mettwurst darauf, daneben standen eine Butterschale, ein Glas Marmelade und ein Aschenbecher mit den Resten einer Zigarette. Der Pferdewirt Carl Ruthfuss hatte gefrühstückt. Er war der einzige Raucher auf dem Hof, und es sah ganz so aus, als habe er sich selbst bedient.

Wendy sorgte für Ordnung auf dem Tisch und machte sich rasch ein Brot. Dann stieg sie die Treppe hinauf und wollte in ihr Zimmer gehen. Als sie die Tür schon geöffnet hatte, hörte sie Schritte in der Wohnung ihrer Großmutter, die gegenüber von ihrem Zimmer lag. Wendy zögerte und klopfte dann an. „Bist du schon wach, Oma?"

„Komm ruhig herein, Kind", sagte Herta Thorsteeg. Sie hatte einige Sachen zusammengelegt, die sie in einen Koffer packte.

„Willst du verreisen?" fragte Wendy unbehaglich. Sie küßte ihre Großmutter auf die Wange und setzte sich dann auf einen Stuhl. Ihr Brot legte sie zur Seite. Sie hatte plötzlich keinen Appetit mehr. „Oder willst du wirklich ausziehen? Was ist eigentlich los, Oma?"

„Ich mache erst einmal ein paar Tage Urlaub", die alte Dame lächelte. Sie setzte sich ihrer Enkelin gegenüber auf einen anderen Stuhl. „Ich glaube, das wird höchste Zeit."

„Aber warum denn, Oma? Ich verstehe das nicht. Wir alle verstehen es nicht! Gefällt es dir nicht mehr auf Lindenhöhe?"

„O doch! Sehr sogar!" Das Lächeln erlosch, die Großmutter blickte Wendy ernst an. „Es ist nur so, daß einige vergessen zu haben scheinen, wer ich bin. Und daß ich überhaupt noch da bin. Dein Vater nämlich!"

„Aber ich doch nicht, Oma!“ Wendy protestierte. Sie begriff nicht, was die alte Dame ihr sagen wollte. Machte sie auch ihr Vorwürfe? „Habe ich dir etwas getan?“ fragte sie unsicher.

Herta Thorsteeg war ernst. Nachdenklich sah sie Wendy an. „Weißt du, wenn man so lange mit der Familie zusammenlebt wie ich, dann besteht die Gefahr, daß man eines Tages zu einer Institution wird, die jeder als selbstverständlich ansieht“, erklärte sie, ohne auf die Frage Wendys einzugehen. „Jeder nimmt es als selbstverständlich hin, daß ich von morgens bis spät in die Nacht hinein für das leibliche Wohl nicht nur der Familie, sondern auch der Angestellten sorge. Jeder kommt in die Küche und erwartet, daß ich in Minutenschnelle irgend etwas auf den Tisch bringe. Du bist die einzige, die sich hin und wieder mal bedankt, wenn sie die Küche verläßt.“

Wendy fuhr sich verlegen durch das widerborstige Blondhaar. Sie begriff, was die Großmutter ihr sagen wollte. Und sie hatte damit recht. Solange sie auf Lindenhöhe lebten, hatte ihre Oma im Hause gewirtschaftet, und niemand hatte jemals richtig darüber nachgedacht, ob es auch anders sein könnte.

„Oh, ich will mich nicht beklagen“, fuhr die alte Dame fort. „Ich bin eigentlich ganz froh, daß ich etwas zu tun habe und nicht – wie viele alte Menschen – untätig herumsitzen muß. Mich stört nur, was ich mir habe sagen lassen müssen, als das Frühstück ein einziges Mal nicht auf dem Tisch stand. Niemand ist auf die Idee gekommen, auch einmal etwas zu tun. Oder daran zu denken, mir einmal zu helfen oder mich zu verstehen ..."

„Und als auch noch das Mittagessen fehlte, gab es richtig Krach", gab Wendy zu. Sie begann zu verstehen, was die Großmutter meinte.

„Deshalb ist es nun an der Zeit, mal zu zeigen, daß auch ich ein Recht auf mein eigenes Leben habe!"

„Wirst du zu Herrn Trischmann ziehen?" Es kostete Wendy Überwindung, diese Frage zu stellen, denn sie fürchtete sich ein wenig vor der Antwort. Das konnte bedeuten, daß die geliebte Großmutter Lindenhöhe verließ. Doch zu Wendys Erleichterung schüttelte Herta Thorsteeg den Kopf.

„Nein, ich ziehe nicht zu ihm", erwiderte sie. „Das wollen wir beide auf keinen Fall. Ich werde für einige Tage in einer kleinen Pension an der Ostsee wohnen. Sie liegt direkt am Strand. Dort werde ich mich etwas erholen, und wenn dein Vater begriffen hat, daß ich nicht so etwas wie ein Backofen oder eine automatische Küche bin, bei der man nur auf den Knopf zu drücken braucht, damit sie funktioniert ..., dann werde ich vielleicht zurückkommen. Ich brauche etwas Abstand zu allem hier!" Sie blickte zum Fenster hinaus, griff nach ihrer Tasche und wollte auch den Koffer nehmen, doch das ließ Wendy nicht zu. Sie hob ihn rasch auf. „Ich bringe dich nach unten, Oma", erklärte sie leise.

„Das ist lieb von dir, Kind", sagte die alte Dame. Sie legte Wendy den Arm um die Schulter und blickte sie ernst an. „Ich möchte dich bitten, deinen Eltern nichts von dem zu sagen, was ich dir eben erzählt habe. Ich möchte, daß sie es selbst begreifen. Sie sollen ruhig einmal über alles nachdenken!"

„Versprochen, Oma!" Wendy begleitete die Großmutter bis vor die Haustür, wo zu ihrer Überraschung ein Wagen wartete. Egon Trischmann, der wieder einen eleganten, weißen Anzug trug, eilte ihnen mit einem strahlenden Lächeln entgegen und nahm ihnen Tasche und Koffer ab, um sie im Kofferraum zu verstauen. Herta Thorsteeg stieg ein. Sie winkte ihrer Enkelin noch einmal zu, und dann fuhr der Wagen zum Tor von Lindenhöhe hinaus.

Wendy zuckte erschrocken zusammen, als die Tür hinter ihr aufflog.

„Oma ist doch nicht mit dem Kerl weggefahren?" fragte der Vater mit zornig funkelnden Augen.

„Doch. Ist sie." Wendy strich sich mit beiden Händen über das wirre Haar und schob sich an ihrem Vater vorbei ins Haus. Er schien von der Abreise seiner Mutter vollkommen überrascht zu sein. Nun blickte er stumm und auch ratlos zur Ausfahrt des Hofes. Er sagte kein Wort mehr.

In der Küche deckte Wendys Mutter den Frühstückstisch. Aus dem Backofen stieg der Duft von frischen Brötchen, dampfender Kaffee stand auf dem Tisch, und Wuschel beugte sich hungrig über seinen frischgefüllten Futternapf.

„Guten Morgen", rief Wendy betont fröhlich. Sie schob sich auf die Sitzbank am Tisch. „Ich wußte ja, daß du Frühstück machst. Einfach stark, Mami!"

Heike Thorsteeg stellte einen Wurstteller auf den Tisch und blickte ihre Tochter vorwurfsvoll an.

„Erstens wundere ich mich über dein Zuspätkommen, und dann fände auch ich es einfach stark, wenn du mir etwas helfen würdest! Es ist ja schließlich nicht selbstverständlich, daß ich dich bediene."

Wendy stand auf. „Muß das sein, Mami? Bei Oma war das nie nötig. Die hat alles immer allein geschafft! Und selbstverständlich war es bei ihr ja auch nicht!" Aber dann wirbelte sie doch durch die Küche, um Messer und Gabeln aus dem Schrank zu holen. So, dachte sie, das hatte sie einfach sagen müssen. Vielleicht verstand die Mutter ihre Bemerkung.

Wendy begreift etwas

Als Wendy das Haus verließ, sah sie Bianca, Oliver, Vanessa und Yvette vor der nördlichen Reithalle stehen.

„Guten Morgen“, rief sie ihnen zu. Heute spielte sie nicht mit Wuschel, der sie begleitete. Wendy war still und niedergedrückt. Sie hatte schlecht geschlafen. Das ungewisse Schicksal der verschwundenen Pferde hatte sie nicht zur Ruhe kommen lassen. Und sie wußte, daß es ihren Freunden ebenso erging. Kaum jemand sagte ein Wort.

Oliver war sehr blaß. Und Wendy hatte tiefes Mitleid mit ihm. Sie wußte, wie sehr er seinen Wallach Navarro liebte. Sollte Miss Dixie jemals auf diese Weise verschwinden, würde ich wahnsinnig werden, dachte Wendy. Und sie nahm sich vor, heute nacht im Stall zu schlafen, um in der Nähe ihres Pferdes zu sein. Sie hatte das – ohne einen besonderen Grund zu haben – schon oft getan, und sie wußte, daß die Eltern ihr das erlauben würden. Auch Flavio Scalini und Mark Benson waren in der Nähe, beide waren auf alles vorbereitet. Einer der älteren Pferdepfleger von Lindenhöhe hielt abwechselnd mit Gunnar Thorsteeg Stall- und Weidewache.

„Ist dir eingefallen, was wir unternehmen können?“ fragte Yvette. Die Sorge um ihr Pferd hatte ihr Gesicht gezeichnet. Sie war blaß und sah müde und unausgeschlafen aus. „Wir haben doch nur noch den Tag heute!“

„Ich weiß“, erwiderte Wendy. Zusammen mit den anderen ging sie zu der Bank am Teich hinüber, auf der sie so oft saßen, um miteinander zu reden oder einfach nur den Enten und Störchen zuzusehen. Da sie nicht alle Platz auf der Bank hatten, setzte sich Wendy ins Gras. Die Sonne hatte mittlerweile die Tautropfen getrocknet. „Leider weiß ich auch nicht recht, wie es weitergehen soll. Ich zerbreche mir dauernd den Kopf ...“

„Hast du überhaupt keine Idee?“ fragte Oliver. „Dir fällt doch sonst immer etwas ein!“

„Nein, nur so ein Gefühl ...“, meinte Wendy vage.

„Was für ein Gefühl?“

„Kann ich auch nicht sagen ...“ Sie zuckte mit den Achseln. Sie konnte es nicht ausdrücken. „Mir ist, als hätten wir irgendwo einen wichtigen Hinweis übersehen. Laßt uns doch mal überlegen! Wie sind die Pferde gestohlen worden? Welche Spuren haben wir?“

„Darüber habe ich die ganze Nacht nachgedacht“, bemerkte Yvette. Mutlos saß sie zwischen Vanessa und Oliver auf der Bank. „Immer wieder, aber mir ist nichts eingefallen. Da sind die Reifenspuren von den Transportern und die Fußabdrücke auf der Weide. Das ist alles, was wir haben. Damit können wir nichts anfangen."

„Vielleicht sollten wir die Häuser drüben an den Dünen abklappern", schlug Oliver vor. „Die Pferde sind mitten in der Nacht gestohlen worden. Also hatten die Autos die Scheinwerfer eingeschaltet. Jemand könnte es gesehen haben."

„Das bringt nichts", erwiderte Wendy, nachdem sie eine Weile nachgedacht hatte. Energisch schüttelte sie den Kopf. „Nein. Ich finde, wir haben noch andere Möglichkeiten. Wer fährt denn mitten in der Nacht über verschiedene Feldwege zu einer Koppel, auf der Pferde stehen? Das macht nur jemand, der weiß, daß die Pferde dort sind."

„Stimmt", meinte Oliver. „Es könnte einer der Spaziergänger oder Jogger gesehen haben, die oft in der Feldmark sind. Vielleicht sind die Pferde ja gar nicht in der Nacht verladen worden?"

„Oder jemand vom Reiterhof! Wenn nun jemand vom Hof dahintersteckt!"

Die anderen blickten Wendy überrascht an. Daran hatte noch keiner von ihnen gedacht.

„Du meinst, einer der Feriengäste könnte dahinterstecken?" fragte Oliver, und dann nickte er heftig. Das wäre gar nicht unmöglich. „Du könntest recht haben! Beinahe täglich kommen neue Gäste an, und andere fahren ab. Wer sagt denn, daß diese Leute alle sauber sind? Unter ihnen könnten auch welche sein, die nur gekommen sind, um

Pferde zu stehlen. Sie spionieren herum, und sobald die Gelegenheit günstig ist, schlagen sie zu. Aber wie finden wir heraus, ob es einer von ihnen war?"

„Überhaupt nicht." Vanessa ließ keinen Zweifel daran, daß sie nichts von Olivers Überlegungen hielt. „Wir können einfach nicht alle überprüfen. Es kann ja jemand gewesen sein, der schon vor Wochen abgereist ist!"

„Aber irgendwo müssen wir anfangen", beharrte Yvette. Sie war verzweifelt und ungeduldig. „Und wenn es noch so hoffnungslos ist! Ich kann nicht untätig so herumsitzen. Wir haben nur noch wenig Zeit! Bald wird alles zu spät sein!"

„Fassen wir doch mal zusammen", schlug Wendy vor. „Was ist euch in den letzten Tagen aufgefallen? Was war ungewöhnlich? Sagt alles, was euch gerade in den Sinn kommt! Vielleicht ist es unwichtig, vielleicht aber auch nicht. Wir müssen alles versuchen!"

„Oma ist ausgezogen", bemerkte Vanessa. Es war deutlich zu hören, daß sie nichts von Wendys Methode hielt.

„Die Oma hat ganz bestimmt nichts mit dem Diebstahl zu tun!" Gereizt und angriffslustig fiel ihr Yvette ins Wort. „Was soll der Blödsinn? Wenn du die Pferde nicht finden willst, dann störe uns wenigstens nicht!"

„Miss Dixie hat dir auf der Dünenkoppel ein

Drohgesicht gezeigt", sagte Bianca rasch. Das ernste, zurückhaltende Mädchen wollte einen Streit verhindern.

„Als ob das wichtig wäre", sagte Vanessa verächtlich. Sie wollte nicht so ohne weiteres hinnehmen, daß Yvette sie zurechtgewiesen hatte.

„Miss Dixie wollte doch nur spielen", bemerkte Oliver.

„Ja, ausgerechnet dann, als wir nach Spuren suchten! So etwas würde Tropic nicht machen!" Vanessa stand auf, hob ein Steinchen auf und warf es ins Wasser.

„Pferde sind eben verschieden", erklärte Oliver. „Jedes ist eine eigene Persönlichkeit. Einige sind wach und besonders intelligent, andere haben andere Stärken. So ist es bei uns Menschen ja auch. Nehmen wir nur Vanessa und mich. Ich bin ziemlich intelligent, sie dagegen ist ..."

„Hör auf, Oliver", Vanessa trat ihm auf den Fuß. Sie war ihm nicht böse. „Aber mir ist etwas anderes aufgefallen! Miss Dixie hat diese Drohgebärde auch gemacht, als Herr Trischmann ihr Zucker geben wollte!"

„Sie mag keinen Zucker", vermutete Oliver.

„Also gut", meinte Vanessa. „Uns ist aufgefallen, daß Miss Dixie zweimal ein Drohgesicht gemacht hat. Einmal bei Trischmann, einmal bei dir. Was war noch?"

„Wir haben neue Nachbarn", bemerkte Wendy.

„Die Eltern von Matthias haben den Hartung-Hof gekauft!“

„Egon Trischmann ist aufgetaucht“, sagte Oliver. „Er hat einiges durcheinandergebracht!“

„Alle Pferde sind von einer bestimmten Koppel gestohlen worden!“

„Die Fußspur auf der Koppel stammt von einer Frau. Es ist also eine Frau an dem Diebstahl beteiligt!“

Jetzt sprudelte es nur so aus ihnen heraus. Jedem von ihnen war etwas aufgefallen, das ungewöhnlich erschien. Schließlich aber verstummte einer nach dem anderen. Alles war gesagt.

„Wir sind keinen Schritt weitergekommen“, stellte Yvette enttäuscht fest. „Oder wißt ihr jetzt, wer die Pferde gestohlen hat, und wo sie sind?“

„Leider nicht“, gab Vanessa zu. „Die Idee meiner Cousine hat nichts gebracht. Wie ich schon vorher gesagt habe.“

„Weil wir nicht die richtigen Schlüsse gezogen haben!“ Wendy gab noch nicht auf. „Das jedenfalls würde Spinne sagen, und er hätte recht damit!“

„Mußt du unseren Lehrer ins Gespräch bringen?“ murmelte Oliver genervt. „Also bitte, was sind die richtigen Folgerungen?“

Rastlos ging Wendy am Ufer des Teichs entlang bis zum Zaun der angrenzenden Koppel hinüber. Dort blieb sie stehen. Als sie zur Bank zurückkehrte, sah sie etwas zuversichtlicher aus. „Ein Beispiel, Oliver. Wir sagen, der Abdruck auf der Dünenkoppel stammt von einer Frau, weil er so klein ist und die Ferse sich tief eingedrückt hat!"

„Stimmt. Was ist daran falsch?"

„Der Abdruck könnte auch von einem Mann mit sehr kleinen Füßen stammen", stellte sie fest, und die anderen mußten ihr recht geben. „Miss Dixie hat zweimal ein Drohgesicht gemacht. Wem galt das? Das erste Mal dem Zucker, das zweite Mal mir? Oder beide Male Trischmann?"

„Du spinnst." Vanessa schüttelte den Kopf. „Trischmann war gar nicht auf der Dünenkoppel!"

„Seine Fußspur war dort", behauptete Wendy, und plötzlich standen die anderen um sie herum. Keinen hielt es mehr auf der Bank. „Trischmann hat kleine Füße, und er trägt Cowboystiefel. Die haben genau die Art Ferse, die so einen Abdruck hinterläßt."

„Du glaubst, Trischmann ist ein Pferdedieb? Das sagst du ja nur, weil Oma mit ihm weggefahren ist. Das paßt dir nicht, denn nun habt ihr es nicht mehr so bequem wie vorher!"

Wendy ging über die unsachliche Bemerkung ihrer Cousine hinweg. Sie legte beide Hände an den Kopf. „So könnte es sein!" rief sie. „Ja! Es wäre doch möglich. Trischmann könnte der Pferdedieb sein. Ich bin fast sicher!"

Yvette, Vanessa, Biancaund Oliver sahen sie ab-

7 4720-8

wartend an.

Wendy fuhr ernst fort: „Trischmann kam nach Lindenhöhe. Hier traf er zufällig und ganz unerwartet Oma, seine alte Schulfreundin, wieder. Auf der einen Seite behagte ihm das nicht, weil sie seine Pläne stören könnte, es gab ihm aber auf der anderen Seite die Möglichkeit, Haus und Ställe zu sehen, mit ihr auszureiten und dabei unauffällig die Umgebung von Lindenhöhe auszukundschaften!"

„Das ist noch kein Beweis", sagte Vanessa energisch.

„Als die Gelegenheit günstig war, hat er zusammen mit Freunden die Pferde gestohlen", fuhr Wendy unbeirrt fort. „Dabei hat er seine Cowboystiefel getragen und die Spur hinterlassen. Miss Dixie mochte ihn von Anfang an nicht. Deshalb hat sie mit einem Drohgesicht reagiert. Einmal auf Lindenhöhe, einmal bei der Stelle auf der Koppel, wo sich das Ganze abgespielt hat, wo die Pferde gestohlen wurden. Ich kenne Miss Dixie, sie reagiert immer so spontan!"

„Das ist noch immer kein Beweis", betonte ihre Cousine. „Nur ein Verdacht!"

„Sie wollten Miss Dixie ebenfalls stehlen, aber es ist ihnen nicht gelungen, sie in der Dunkelheit auf der Weide einzufangen. Das ist bei Miss Dixie nämlich sehr schwierig, auch wenn einer Zucker hat!"

„Klingt logisch", gab Vanessa zu. „Reicht aber noch nicht."

„Die Mutter von Matthias hat mich auf eine Idee gebracht", fuhr Wendy eifrig fort. „Sie sagte, jemand vom Zirkus könnte es gewesen sein!"

„Ach, und jetzt hast du herausgefunden, daß Trischmann beim Zirkus ist", spöttelte Vanessa.

„Richtig! Genau das habe ich!" Wendy war sich jetzt ziemlich sicher. Sie machte eine Pause, bis ihr alle wieder zuhörten. Und ihre Worte schienen die anderen zu überzeugen.

„Du hast recht", meinte Oliver. „Es könnte so gewesen sein. Trischmann könnte der Dieb sein!"

„Er ist es. Ganz bestimmt", rief Wendy. Ihr Gesicht glühte vor Eifer. „Wir müssen herausfinden, ob in der Nähe ein Zirkus gastiert. Wenn wir das schaffen, können wir die Pferde vielleicht noch retten!"

Yvette nickte. „Vielleicht irrst du dich ja, aber es ist unsere einzige Chance. Wir müssen einfach jeder Spur nachgehen. Noch ist nicht alles verloren!"

Yvettes Gesicht bekam ein wenig Farbe, war nicht mehr ganz so blaß wie zuvor. Als Wuschel aufstand und den Kopf an ihre Beine drückte, streichelte sie den Hund.

Vanessa sorgte mit der ihr eigenen Art für Ernüchterung. „Ist ja alles schön und gut", erklärte sie. „Woher erfahren wir aber, ob irgendwo in der

Nähe ein Zirkus war oder ist? Ob es jemand im Dorf weiß? Heute ist Sonntag, und die Behörden haben geschlossen. Unsere Oma könnte uns ja sagen, wo Trischmann ist, aber leider hat sie Wendy nicht gesagt, in welcher Pension sie sich aufhält."

Auf der Suche nach der Großmutter

Wendy und ihre Freunde setzten alle Hebel in Bewegung, um etwas über einen Wanderzirkus an der Ostseeküste herauszufinden. Sie besetzten sämtliche Telefone des Reiterhofs und telefonierten mit ihren Schulfreunden und vielen Leuten, die sie kannten. Doch niemand wußte etwas von einem Zirkus, der in der Nähe gastiert hatte. Es schien, als habe Wendy sich geirrt.

Vanessa sagte mehrmals, daß der Reporter Alf Terjung ihr versprochen hatte, am Montag etwas über den Pferdediebstahl in der Zeitung zu veröffentlichen. Dabei wußte sie genau, daß es dann schon zu spät sein würde. Wenn die Zeitungen am Montag ausgeliefert wurden, würden Willem und Caracho schon weit fort sein oder gar nicht mehr leben.

„Kann *er* denn nicht für uns herausfinden, wo ein Zirkus war?“ fragte Bianca aufgeregt. „In der Zeitung müßte so etwas doch gestanden haben! Vielleicht hat eine andere Zeitung sogar einen Bericht gebracht!“

„Oder der Zirkus hat eine Anzeige in einer Zeitung aufgegeben“, fügte Wendy hinzu. „Könnte doch sein!“

Vanessa rief den Reporter noch einmal an und sprach lange mit ihm. Endlich legte sie enttäuscht den Hörer auf. „Er weiß nichts“, erklärte sie. „Er kann uns nicht helfen. Er sagt, daß er mit den Redaktionen von einigen Zeitungen in der Umgebung telefoniert hat, daß ihm aber niemand eine Auskunft geben konnte.“

„Ob das stimmt?“ überlegte Bianca.

„Keine Ahnung“, erwiderte Vanessa. Die anderen spürten, wie enttäuscht sie von dem Gespräch mit dem Reporter war. Vanessa litt unter der Trennung ihrer Eltern, und sie vermißte ihren Vater, der nur wenig Zeit für sie hatte. Es hatte ihr Hoffnung gemacht, als deutlich wurde, daß Alf Terjung sich für ihre Mutter interessierte. Doch Vanessas unausgesprochene Erwartungen hatten sich nicht erfüllt. Terjung war nicht der Mann, der ihr den Vater ersetzen konnte. Das war ihr schon lange klar, und bei diesem Telefongespräch war es ihr aufs neue bewußt geworden.

Da Wendy und ihren Freunden niemand mehr einfiel, den sie nun noch anrufen konnten, sattelten sie ihre Pferde, packten etwas zu essen und zu trinken ein und brachen auf, um Herta Thorsteeg zu suchen. Sie waren ganz zuversichtlich, zumal sie sicher waren, daß die alte Dame sich nicht allzuweit von Lindenhöhe entfernt hatte. Sie hatte Wendy ja erzählt, daß sie sich in einer kleinen Pension am Strand erholen wolle – und so viele

Pensionen direkt am Strand gab es gar nicht. Sollten sie die Großmutter dennoch in der Nähe nicht finden, müßte Wendys Mutter mit dem Auto losfahren, um sich mit auf die Suche nach ihrer Schwiegermutter zu machen.

Wendy war sehr nachdenklich geworden. Ihr war klar, daß sie die Großmutter nicht auf Anhieb finden würden. Sie waren noch lange nicht am Ziel. Was würde die Oma außerdem zu dem Verdacht sagen? Würde sie Trischmann nicht verteidigen?

Als sie den Ostseestrand erreichten, legten sie eine Pause ein. Sie stiegen ab und ließen die Pferde grasen. Ein frischer Wind wehte und trug den Geruch des Meeres heran.

„Wir trennen uns jetzt", schlug Wendy endlich vor. „Wir müssen die Küste in beiden Richtungen absuchen!"

Nach kurzer Diskussion beschlossen Bianca und Yvette, mit Wendy nach Norden zu reiten, während Oliver und Vanessa in südlicher Richtung suchen wollten.

„Denkt dran", rief Wendy ihnen zu, als sie sich trennten. „Oma ist in einer kleinen hübschen Pension, die direkt am Strand liegt! Das sagte sie jedenfalls!"

Sie nickten einander zu, und dann ging es im Schritt am Wasser entlang bis zum nächsten Badeort, wo die drei Mädchen mit ihren Pferden den

Strand verlassen mußten. Sie folgten einer schmalen Straße, die hinter der Kurpromenade verlief. Schon bald entdeckten sie zwei Pensionen, die in Frage kamen. Yvette war sehr still geworden. Sie blieb bei den Pferden, während Wendy und Bianca sich nach Herta Thorsteeg erkundigten. Yvettes Zuversicht sank, als die beiden Mädchen zurückkehrten und ihr sagten, daß sie vergeblich gefragt hatten.

„Ich habe sowieso nicht geglaubt, daß wir Oma so schnell finden", Wendy überspielte ihre Enttäuschung. „Also weiter zum nächsten Ort, und dann wieder weiter. Irgendwo muß sie ja sein!"

Doch auch in den nächsten Orten hatten sie keinen Erfolg. Wendy ging in eine Telefonzelle und rief zu Hause in Lindenhöhe an. Die Mutter meldete sich. Sie hatte sich an der Suchaktion beteiligt und bei einer Reihe von Pensionen nachgefragt, jedoch ebenfalls ohne Erfolg. Inzwischen hatten auch Oliver und Vanessa angerufen. „Es tut mir leid", sagte sie. „Die beiden haben Oma auch noch nicht gefunden!"

„Was sollen wir machen, Mami?" fragte Wendy bedrückt. „Wenn wir uns noch weiter von Lindenhöhe entfernen, können wir heute nicht mehr nach Hause kommen!"

„Übernachtet auf dem Reiterhof Bondenholz", empfahl ihre Mutter. „Ich habe dort schon vorsorglich angerufen! Sie haben Platz für euch und die Pferde. Morgen kann ich euch und die Pferde mit dem Transporter abholen, damit ihr rechtzeitig zur Schule kommt!"

Wendy fiel ein Stein vom Herzen. „Danke Mami", rief sie. „Nun brauche ich Yvette nicht zu sagen, daß wir jetzt umkehren müssen! Das wäre schlimm für sie! Sie ist völlig fertig." Sie legte auf und verließ die Telefonzelle, um Yvette und Bianca die gute Nachricht zu bringen. Umzukehren hätte zugleich auch bedeutet, daß sie die Pferde aufgaben. Das aber wollte Wendy auf gar keinen Fall.

„Weiter", sagte sie, während sie in den Sattel stieg und Miss Dixie aufmunternd den Hals klopfte. „Ich wette, wir sind nah dran! Im nächsten Ort geschieht ein Wunder!" Wendy wollte den beiden Mut machen. „Dort finden wir Oma! Ihr werdet sehen!"

„Und wenn nicht dort, dann im nächsten", fügte Bianca fest hinzu. „Irgendwo muß sie ja sein."

Yvette sagte kein Wort mehr. Still und sehr blaß saß sie im Sattel und blickte starr geradeaus. Wendy und Bianca wagten kaum, sie anzusehen. Sie wußten, daß sie an Caracho dachte.

Am Rand des nächsten Badeortes richtete Wendy sich plötzlich im Sattel auf. Dicht an der Strandstraße war eine kleine Pension, unmittelbar neben einem kleinen Hafen, in dem mehrere Boote lagen. Es war spät geworden, am Strand waren nur noch wenige Leute zu sehen. Am Pier vertäuten einige Segler ihre Boote und verstauten das Gepäck in ihren Autos, um in die Stadt zurückzukehren.

„Hier könnte es sein", rief Wendy. Sie schwang sich aus dem Sattel und gab Bianca die Zügel ihres Pferdes. „Ich bin gleich wieder zurück! Wartet hier!" Sie lief über einen schmalen Weg zu der Pension hinüber, verschwand und kam schon wenig später winkend wieder heraus. „Wir haben sie gefunden", schrie sie begeistert. „Hier wohnt sie!" Und dann stürmte sie ins Haus zurück.

„Endlich", rief Bianca. „Ich habe schon nicht mehr daran geglaubt!"

Yvette war schrecklich aufgeregt, sie brachte jedoch kein Wort über die Lippen. Mit zitternden Händen legte sie die Zügel über den Kopf ihres Pferdes, als sie abstieg.

„Jetzt wird noch alles gut", sagte Bianca. „Du wirst sehen! Caracho wird gerettet werden. Und die anderen auch!" Aber Bianca war gar nicht so sicher, wie sie tat.

Die beiden Mädchen führten ihre Reitpferde und auch Miss Dixie bis zu einer Absperrung, die nur wenige Meter von der Pension entfernt war. Gleich darauf erlosch ihre zuversichtliche Stimmung, denn Wendy kam mit gesenktem Kopf aus dem Haus. Ihre Haltung machte deutlich, daß sie enttäuscht war.

„Was ist los?“ rief Yvette ängstlich. „War die Auskunft falsch?“

„Nein, sie stimmt.“ Wendy blickte sie bedrückt an. „Aber Oma ist nicht da. Sie ist mit Trischmann auf einer Fähre nach Dänemark gefahren. Vor morgen mittag wollte sie nicht zurück sein!“

Yvettes Magen krampfte sich zusammen. Sie schluchzte auf. Jetzt war es also endgültig. Es war vorbei. Ihre mühsame Suche war vergeblich gewesen. Sie konnten Herta Thorsteeg nicht erreichen. Also waren Caracho und die anderen Pferde verloren. Es würde keine Möglichkeit mehr geben, sie noch rechtzeitig zu finden.

Wendy setzte sich neben Yvette und legte ihr den Arm um die Schultern. Dabei richteten sich ihre Blicke auf Miss Dixie, und überdeutlich wurde ihr klar, was der Verlust des Friesen für Yvette bedeutete. Wie wäre ihr zumute, wenn es um Miss Dixie ginge? Allein der Gedanke war ihr unerträglich. Sie blieben lange neben Yvette am Rande des Weges sitzen. Erst als eine Gruppe von Kurgästen kam und sich allzusehr für die Pferde interessierte, standen die Mädchen auf, stiegen in den Sattel und verließen das Strandgebiet. Wendy lenkte ihre Stute auf einen Reitpfad, der durch einen Wald und an einem kleinen Dorf vorbei zum Reiterhof Bondenholz führte.

Schweigend legten sie den Weg bis zu dem Hof zurück. Wendy war schon einige Male hier gewesen, sie kannte die Besitzer. Nachdem sie noch einmal ausführlich erzählt hatte, was geschehen war, rief sie in Lindenhöhe an, um ihren Eltern Bescheid zu sagen.

Die Mädchen waren müde, sie gingen schon bald schlafen. Die drei Pferde hatten geräumige Gastboxen und gutes Futter bekommen. Die drei hatten sich persönlich davon überzeugt, daß im Stall alles in Ordnung war. Keines der Mädchen sagte ein Wort. Sie waren erschöpft und sehr müde. Es gab nichts mehr zu sagen.

Wendy lag noch lange wach. Immer wieder dachte sie über das nach, was geschehen war. Zugleich suchte sie nach einem Weg, die Pferde doch noch zu retten. Aber es gab keine Möglichkeit, Herta Thorsteeg zu erreichen, und somit konnte Trischmann ihnen auch nicht verraten, wo sich Caracho und die anderen Pferde befinden konnten. Es war hoffnungslos.

In der Nacht erwachte Wendy mehrmals, immer wieder schreckte sie hoch. Sie horchte in die Dunkelheit hinaus, und sie hörte Biancas gleichmäßige Atemzüge. Yvette bewegte sich unruhig in ihrem Bett. Sie warf sich rastlos hin und her, rückte die Kissen zurecht oder ächzte im Schlaf. Wendy hätte gern etwas zu ihr gesagt, aber sie war nicht sicher, ob Yvette wach war oder nicht. Und es gab nichts, womit sie sie hätte trösten können.

Wendy schlief erneut ein, erwachte aber wieder,

als sich das erste Tageslicht zeigte. Ihre Gedanken gingen auf die See hinaus. Sie meinte, die Fähre sehen zu können, wie sie durch die Wellen pflügte und Boote überholte, deren Segel sich im Wind blähten.

Mit einem Mal hatte sie eine Idee, und sie richtete sich ruckartig im Bett auf. „Yvette“, rief sie. „Bist zu wach?“

„Ich habe die ganze Nacht nicht geschlafen“, antwortete die Freundin.

„Hört mal zu“, rief Wendy eifrig, und schon sprang sie aus dem Bett. Sie eilte zu Bianca und rüttelte sie. „Schnell! Aufstehen! Wir müssen los!“

„Was ist denn?“ Erschrocken richtete sich Bianca auf. „Ist was passiert?“

„Die Hochseejachten im Hafen“, rief Wendy und zog Yvette am Arm. „Daß ich nicht früher daran gedacht habe!“

„Spinnst du?“ fragte Yvette. Ungeduldig schob sie Wendys Hände zurück. „Was haben die Jachten mit den Pferden zu tun?“

„Eine ganze Menge“, rief Wendy laut. „Sie haben Funk an Bord! Wir müssen einen der Segler wecken. Über Funk könnte er die Fähre erreichen. Sie müssen Oma aus dem Bett holen, damit wir ihr sagen können, um was es geht. Los, kommt! Es ist vielleicht die letzte Chance, die Pferde noch zu retten!“

Jetzt war Yvette wie elektrisiert. Sie schrie erstickt auf, schlüpfte in ihre Kleider und trieb Wendy und Bianca dabei ungeduldig an. Die drei Mädchen rafften ihre Sachen zusammen und hasteten aus dem Haus zum Stall hinüber, in dem sich bereits einige Pferdepfleger zu schaffen machten. Sie zäumten ihre Pferde auf, sattelten sie, und als ein Stallhelfer herbeikam, riefen sie ihm eine kurze Erklärung zu.

„Es geht um Minuten", rief Wendy, als sie auf dem Hof in den Sattel stieg. „Wir haben wirklich keine Zeit mehr!" Dann trieben die Mädchen ihre Pferde an. Es war nicht weit bis zu dem kleinen Hafen, und die Pferde streckten sich. Sie ritten in den beginnenden Morgen hinaus, am Dorf vorbei und durch den Wald zur Ostsee hin. Gerade ging die Sonne auf. Das rote Morgenlicht trieb die drei Reiterinnen zur Eile.

„Hoffentlich ist schon jemand auf einem der großen Boote wach", meinte Yvette.

„Wir trommeln ihn raus", erwiderte Wendy. „Du wirst sehen. Wir schaffen es!"

Um Leben und Tod

Einer der Segler war schon an Deck. Als die Mädchen den Hafen erreichten, von den Pferden sprangen und Wendy aufgeregt winkend auf ihn zulief, blieb der Mann erstaunt auf dem Bootssteg stehen.

„Wir müssen ein Funkgespräch führen“, erklärte Wendy. Sie war so aufgeregt, daß sich ihre Worte förmlich überschlugen. „Es geht um Leben und Tod.“

„Um mehr nicht? Tja, wenn das so ist!“ Der Mann lachte leise. Er schien zu glauben, daß die Mädchen sich über ihn lustig machen wollten. Er wandte sich ab und ging weiter. Doch sie folgten ihm. „Bitte, so hören Sie doch zu!“ rief Wendy. „Wir meinen es wirklich ernst.“

„Wer ist denn in so großer Gefahr, daß ihr unbedingt ein Seefunkgespräch führen müßt?“ Auch jetzt ging er weiter, blickte sich nicht einmal nach ihnen um.

„Unsere Pferde“, antwortete Yvette mit zitternder Stimme. Jetzt war der Mann stehengeblieben. Aufmerksam blickte er die beiden Mädchen an, sah dann zu Bianca hinüber, die mit den drei Pferden zurückgeblieben war. In diesem Moment stieg eine sportlich aussehende Frau von der Jacht des Mannes und kam zu ihnen. Sie lächelte offen.

„Ich hörte, daß es um Pferde geht“, sagte sie. „Stimmt das? Sind sie in Gefahr? Oder krank? Ich verstehe nicht, daß ihr so dringend ein Seefunkgespräch führen müßt! Aber ich möchte euch helfen!“

Wendy und Yvette berichteten überstürzt von dem Pferdediebstahl, und sie merkten, daß die Frau ihnen aufmerksam zuhörte.

„Mein Mann kennt nur sein Segelboot und sonst gar nichts. Ich aber liebe Tiere. Und Pferde mag ich besonders. Wenn ich kann, werde ich euch helfen!“

Wendy hätte sie am liebsten umarmt. „Sie können uns helfen“, rief sie. „Ganz bestimmt!“

Die Frau forderte Wendy und Yvette auf, mit ihr an Bord zu kommen, und dann dauerte es nicht mehr lange, bis sie eine Funkverbindung mit der Fähre hatten. Das große Schiff lag noch in einem dänischen Hafen, sollte aber bald auslaufen und nach Deutschland zurückkehren. Der Funker war ein wenig umständlich, und es dauerte lange, bis er alles begriffen hatte. Aber dann versprach er, Herta Thorsteeg zu holen und sich danach wieder zu melden. „Vorausgesetzt, sie ist wirklich an Bord“, schloß er. „Aber das werden wir bald herausfinden.“

„Bald schon ist alles zu spät“, rief Wendy drängend. „Bitte, beeilen Sie sich!“

„Ich tue, was ich kann“, erwiderte er.

Quälendes Warten begann, und ihre Geduld wurde auf eine harte Probe gestellt. Unerbittlich rückte der Zeiger der Uhr weiter. Wendy wagte kaum noch, Yvette anzusehen. Immer wieder mußte sie daran denken, daß vielleicht gerade in diesen Minuten irgendwo ein Schlachter seine Arbeit aufnahm und Caracho oder eines der anderen Pferde ins Schlachthaus führte. Die Kehle schnürte sich ihr zu, und je mehr Zeit verging, desto verzweifelter kämpfte sie gegen die Tränen an.

Nahezu zwanzig Minuten verstrichen, dann klang plötzlich die Stimme der Großmutter am Funkgerät der Jacht auf. Yvette schrie auf vor Freude, und sie umklammerte Wendy so fest, daß die kaum antworten konnte.

Herta Thorsteeg wollte zunächst nicht glauben, was ihre Enkelin ihr in überstürzten Worten erzählte. Endlich erklärte sie, daß sie in fünf Minuten zurückrufen würde. „Dann kennen wir die Wahrheit!“ erklärte sie abschließend.

Yvette ließ sich blaß und angespannt auf eine Bank sinken. Sie konnte ihre Blicke nicht vom Funkgerät lösen. Nervös begann sie auf ihren Fingernägeln zu kauen.

„Beeil dich, Oma“, flüsterte Wendy so leise, daß es niemand sonst hören konnte. „Bald ist es sechs.

8 4720-8

Dann beginnt der Schlachter mit seiner Arbeit. Bitte!“

Immer wieder blickte sie auf die Uhr. Es war schon nach halb sechs. Unerbittlich verrann die Zeit, und immer wieder gingen Wendy die gleichen Gedanken durch den Kopf.

Wo waren die Pferde? Befanden sie sich irgendwo in der Nähe, so daß sie sie noch erreichen konnten? Würde Oma Herrn Trischmann zum Reden bringen, und würde er die Wahrheit sagen? War er überhaupt der Dieb? Oder hatten sie sich geirrt? Hatten sie sich in eine Idee verrannt und taten ihm Unrecht?

Wendy blickte auf den Boden. Sie hielt Yvettes Hand, und sie spürte, wie sie zitterte. Das rothaarige Mädchen tat ihr leid, und sie fühlte mit ihr. In diesen schrecklichen Minuten mußte sich entscheiden, ob ihre Pferde leben durften, oder ob sie sterben mußten und sich schon auf einem Schlachtviehtransport befanden.

Die Frau legte Yvette den Arm um die Schulter. „Euren Pferden wird nichts geschehen sein“, sagte sie leise. „Bitte, glaube es mir. Ihr schafft es. Ich bin ganz sicher.“

Plötzlich meldete sich die Fähre wieder. Die Stimme von Herta Thorsteeg war da. Sie klang eigenartig hell, und sie zitterte ein wenig. Ihr war anzuhören, daß die alte Dame eine heftige Auseinandersetzung hinter sich hatte, die sie tief aufgewühlt hatte. „Beeilt euch“, rief sie. „Macht ganz schnell! Caracho und Willem sind bei einem privaten Schlachter in eurer Nähe!“

Und dann nannte sie den Namen eines kleinen Dorfes. Es war kaum fünf Kilometer vom Hafen entfernt.

„Wir sind schon unterwegs“, schrie Wendy. „Danke, Oma!“

Doch so schnell ging es nicht. „Warte noch, Kind“, rief Herta Thorsteeg schrill, und dann sagte sie, wo die anderen Pferde waren. Sie befanden sich auf einem einsam gelegenen Bauernhof, der ebenfalls nicht weit entfernt war. Wendy drängte hinaus.

„Los doch! Lauft!“ trieb nun auch der Mann sie und Yvette an. „Worauf wartet ihr noch? Soll ich mitkommen und helfen?“ Aber das ging nicht, sie waren ja zu Pferde.

Wendy und Yvette kletterten an Deck, sprangen auf den Steg hinüber und rannten, so schnell sie konnten, zu ihren Pferden. Bianca stellte keine Fragen. Als sie sah, wie die beiden in den Sattel stiegen, und wie sie die Pferde antrieben, wußte sie, um was es ging.

Die Pferde spürten, daß etwas Besonderes geschah, und voller Eifer galoppierten sie nebeneinander her. Miss Dixie streckte sich. Es machte der Stute Spaß, sich entfalten zu können und durch die frische Morgenluft zu laufen. Voller Ehrgeiz kämpfte sie sich voran und duldete nicht, daß sich Tropic oder Strandläufer an ihr vorbei an die Spitze schoben. Nach einiger Zeit nahm Wendy sie jedoch zurück.

„Wir können nicht die ganze Strecke galoppieren", rief sie Bianca und Yvette zu. „Die Pferde müssen sich zwischendurch erholen können!"

Yvette nickte. Sie liebte Pferde viel zu sehr, um sie zu überfordern. Selbst in einer solchen Situation, in der es ums Ganze ging, war sie nicht bereit, ihrem Pferd zuviel abzuverlangen. Doch als die Pferde sich erholt hatten, ging der schnelle Ritt weiter bis zu den Häusern des Dorfes.

„Wo kann hier der Schlachter sein?" rief Bianca. „Wir sind da schon zweimal durchgekommen, aber ich habe keinen Schlachter gesehen!"

„Am besten fragen wir mal", sagte Wendy. Sie sprang aus dem Sattel und lief durch den Vorgarten eines Hauses, um an der Haustür zu klingeln. Sie war ungeduldig. Als sich nicht sogleich jemand meldete, klingelte sie ein zweites Mal und dann noch einmal. Irgendwo im Haus schlug ein Hund an. Schlurfende Schritte näherten sich der Tür, und ein weißhaariger, mürrisch aussehender Mann öffnete. Von dem Hund war nichts zu sehen. Er bellte noch immer, war jedoch irgendwo eingesperrt.

„Was fällt dir ein?" schnauzte er Wendy an. „Weißt du eigentlich, wie spät es ist?"

Und ob sie es wußte! Darum ging es ja!
„Bitte“, rief sie. „Gibt es hier im Ort einen Schlachter?“
Er blickte zu den Pferden hinüber, nahm wohl an, daß die Mädchen sie zum Schlachten bringen wollten, und schlug Wendy die Tür vor der Nase zu.
Wendy hielt sich nicht lange auf; sie rannte quer durch den Vorgarten zum Nachbargrundstück hinüber, sprang über den Zaun und klingelte an der Tür. Sie war aufgeregt und drückte kräftig auf den Klingelknopf. Er verkantete und blieb hängen, so daß nun ein schriller Dauerton durch das Haus hallte. Verzweifelt versuchte sie, den Knopf wieder herauszuziehen, um die Klingel abzustellen, doch es gelang ihr nicht. „So ein Mist“, stöhnte sie und ahnte bereits Böses. Tatsächlich riß ein äußerst aufgebrachter Mann die Tür auf. Er trug einen Schlafanzug und kam offenbar direkt aus dem Bett. Mit spitzen Fingern zog er den Klingelknopf heraus. Er wußte, was er zu tun hatte. Offenbar machte er das öfter.
„Du hast sie wohl nicht alle?“ fauchte er Wendy an. Er ließ sie gar nicht erst zu Wort kommen, sondern schlug die Tür gleich wieder zu.
„Es tut mir leid, daß ich Sie geweckt habe“, rief Wendy. „Aber es ist wirklich wichtig.“
Im Haus fiel krachend eine Tür zu, und Wendy begriff, daß sie keine Auskunft mehr bekommen

würde. Enttäuscht wandte sie sich ab. Sie überlegte fieberhaft.

Als sie zum Sprung über den Zaun zum nächsten Grundstück ansetzte, fuhr ein Personenwagen mit einem Anhänger für Schlachtvieh an ihnen vorbei. Kaum fünfzig Meter von ihnen entfernt bog er in einen schmalen Weg zwischen zwei Häusern ein.

„Da muß es sein“, rief Yvette. Sie trieb Strandläufer an und jagte hinter dem Viehtransport her.

Plötzlich schrie Bianca auf. „Da ist Caracho! Sie führen ihn dort hinüber!“ Sie zeigte auf einen Hof, der hinter Büschen verborgen lag. Im gleichen Moment entdeckten auch Wendy und Yvette den Friesen. Ein kräftig gebauter Mann führte ihn über den Hof und durch eine große Tür in eines der Gebäude hinein.

„Nein!“ Yvette sprang aus dem Sattel und rannte die letzten Meter bis zum Schlachthaus. „Das dürfen Sie nicht! Das ist mein Pferd!“

Und dann flog sie Caracho halb lachend, halb weinend um den Hals und klammerte sich an ihn. Die schreckliche Spannung, unter der sie gestanden hatte, löste sich, und endlich brachen sich die Tränen ihre Bahn. Der Wallach stieß sie heftig mit der Nase an, und er drängte sie mehr auf den Hof hinaus, als daß sie ihn führte.

Wendy reichte Bianca die Zügel ihrer Stute und ging zu Yvette. Sie brachten beide kein Wort heraus. Wendy streichelte abwechselnd Yvette und den großen Friesen. Endlich wandte sich Wendy dem Schlachter zu, denn sie spürte, daß Yvette für eine Weile allein mit sich und ihrem Pferd sein wollte.

„Das Pferd wurde uns gestohlen", erklärte sie ihm aufgeregt. Der Mann stand ratlos mit seinem Gesellen im Schlachthaus. „Dieses und noch einige andere Pferde. Wir wissen, daß der alte Willem noch bei Ihnen sein muß. Die anderen Pferde sind auf einem Bauernhof versteckt. Dort werden wir sie später abholen. Herr Trischmann ist der Dieb. Sie kennen ihn ja!" sprudelte sie heraus.

„Dieb?" Der Schlachter schüttelte den Kopf. Es war klar, daß er ihr nicht glaubte. „Trischmann ist kein Dieb. Er hat einen Zirkus. Für einige alte Pferde hat er keine Verwendung mehr. Deshalb hat er sie mir gebracht."

„Das ist alles gelogen", rief Wendy außer sich. „Die Polizei wird es ihnen bestätigen. Er hat die Pferde gestohlen!" Und dann beschrieb sie ihm den alten Willem, der auf Lindenhöhe sein Gnadenbrot erhielt.

Bestürzt schüttelte der Mann den Kopf, als könne er nicht begreifen, was geschehen war. „Komm mal mit", bat er Wendy, und dann führte er sie um das Haus herum zu einer kleinen Koppel.

„Es ist ein kleiner Wanderzirkus", erklärte er. „Wahrscheinlich bringt er nicht genug ein, und

Trischmann kann sich nur mit solch üblen Sachen über Wasser halten. Zum Glück seid ihr gerade noch rechtzeitig gekommen. Bald wäre es für den Friesen und dann auch für den anderen zu spät gewesen! Wie habt ihr uns überhaupt gefunden?“ Er verstand das Ganze immer noch nicht so recht.

Willem graste auf einer kleinen Weide, und es schien ihm gut zu gehen. Er blickte auf, als er Wendys Stimme hörte, und er kam zu ihr, um sie zu begrüßen. Sie streichelte ihn mit zitternden Händen, und dabei hatte sie das Gefühl, daß eine Zentnerlast von ihren Schultern genommen war.

„Dafür wird Trischmann bezahlen“, sagte sie erbittert zu dem Mann.

„Ganz sicher“, bestätigte er. „Der wird für ein paar Jahre aus dem Verkehr gezogen!“

Und du wirst auch genau überprüft werden mit deinem Betrieb hier, dachte Wendy bei sich.

Vom Büro aus rief Wendy Lindenhöhe an. Die Mutter meldete sich, sie freute sich mit ihnen, daß es gelungen war, die Pferde zu retten.

„Ich hätte nicht mehr geglaubt, daß ihr das schaffen würdet, Kind. Es ist gut, daß ihr nie den Mut verloren habt!“

„Manchmal war ich nahe dran, aufzugeben“, gestand Wendy. „Kann Papi bitte kommen? Scalini und Ruthfuss sollen sofort zu dem Bauernhof fahren, wo die anderen Pferde versteckt sind! Wir müssen sie dort rausholen!“

„Nein“, erwiderte ihre Mutter zu ihrer Überraschung. „Das geht jetzt nicht. Ruthfuss und ich werden die Pferde abholen. Vorher aber werde ich Wachtmeister Struwe anrufen. Er muß uns begleiten.“

„Aber wieso Papa nicht?“ fragte Wendy. Sie war enttäuscht. War ihr Vater so wenig daran interessiert, Navarro und die anderen Pferde nach Lindenhöhe zurückzubringen? Das konnte doch nicht sein! Wo war der Vater?

Die Mutter sagte ihr, weshalb Gunnar Thorsteeg unabkömmlich war, und die Enttäuschung verflog. Wendy nickte erleichtert.

Als sie auf den Hof hinausging, prallte sie fast mit Yvette und Bianca zusammen. Sie warteten mit den Pferden vor der Tür.

Wendy berichtete ihnen, daß ihre Mutter und der Pferdewirt mit der Polizei schon unterwegs waren. „Bald haben wir auch Navarro und die anderen Pferde befreit. Oliver und Vanessa kommen auch mit!“ Wendys Stimme zitterte immer noch. „Papa ist nach Travemünde gefahren. Er will meine Oma von der Hochseefähre abholen. Er wird sie wieder nach Lindenhöhe bringen und sie bitten, bei uns zu bleiben. Und wir alle müssen ihr zeigen, wie sehr wir sie brauchen.“

Die besten Pferdebücher
Eine Auswahl

Ayres, Jane
Bilder, die lebendig werden

Böckl, Manfred
Der Rappe mit der Elchschaufel

Boëthius, Eva
Mein Pony heißt Freitag

Buddee, Paul
Aufregung im Ponyclub

Carey, Catherine
Evelyn und die beiden Ponys

Cetto, Gitta von
Jeden Tag hundert Pferde

Dillenburger, Katrin
Wir reiten, Midi!

Douthwaite, Wendy
Susan und ihr Traumpferd

Fenner, Carol
Der Sommer der Pferde

Hagström, Tulla
Das Jahr mit meinem Pony

Hall, Lynn
Schimmelstute Jessie soll leben

Hein, Erika
Wenn wir Freunde wären

Huth, Günter
Ein Mädchen, ein Pferd und ein Dingo

Jörg, Sabine
Mein Pony bleibt bei mir

Knowles, Anne
Ich helf' dir in den Sattel

Kruse, Max
Anna zu Pferde

Die besten Pferdebücher
Eine Auswahl

Langenstein, Danica
Ein Rennpferd in Gefahr

Lorentzen, Karin
Windsbraut und ihr Fohlen

Marzinek-Späth, Edel
Neues Pferd auf dem Hof!

Östman, Nan Inger
Siegesschleifen

Peyton, Kathleen M.
Ein Platz für ein Pony

Pfeiffer, Katrin
Unsere Pferde suchen ein Zuhause

Pinkwater, Jill
Die Wolkenpferde

Schach, Rosemarie von
Der Sommer der silbernen Stute

Siamon, Sharon
Ein Pferd für Josie Mond

Sütterlin, Klaus H.
Hoka, der Hengst aus der Südsee

Sütterlin, Klaus H.
Im Pferdeland der Pußta

Walbert, Helmut
Marco und das Pferd aus dem Regenwald

Wegener-Olbricht, Helga (Hrsg.)
Mein Pferd läuft mit dem Wind

Wegener-Olbricht, Helga (Hrsg.)
Mein Pony ist mein bester Freund

Wolde, Gunilla
Putte ist mein Wunschpferd

Wolde, Gunilla
Reiten mit Putte